Horváth · Kasimir und Karoline

Ödön von Horváth

Kasimir und Karoline

Volksstück

Herausgegeben von
Klaus Kastberger und
Kerstin Reimann

Reclam

Die Arbeiten an diesem Band wurden im Rahmen eines vom Fonds zur Förderung der wissenschaftlichen Forschung (FWF) unterstützten Projektes am Österreichischen Literaturarchiv der Österreichischen Nationalbibliothek in Wien durchgeführt, wo sich der Nachlass Ödön von Horváths (samt einer Leihgabe der Wienbibliothek im Rathaus) befindet.

RECLAMS UNIVERSAL-BIBLIOTHEK Nr. 18614

Gesamtherstellung: Reclam, Ditzingen. Printed in Germany 2013

ISBN 978-3-15-018614-5

www.reclam.de

Kasimir und Karoline

Volksstück

von
Ödön Horváth

Personen

KASIMIR
KAROLINE
RAUCH
SPEER
DER AUSRUFER
DER LILIPUTANER
SCHÜRZINGER
DER MERKL FRANZ
DEM MERKL FRANZ SEINE ERNA
ELLI
MARIA
DER MANN MIT DEM BULLDOGGKOPF
JUANITA
DIE DICKE DAME
DIE KELLNERIN
DER SANITÄTER
DER ARZT
ABNORMITÄTEN UND OKTOBERFESTLEUTE

Dieses Volksstück spielt auf dem Münchener Oktoberfest und zwar in unserer Zeit.

Motto:
Und die Liebe höret nimmer auf.

1. Szene

Es wird dunkel im Zuschauerraum und das Orchester spielt die Münchener Hymne »Solang der alte Peter«. Hierauf hebt sich der Vorhang.

2. Szene

Schauplatz:
Gleich hinter dem Dorf der Lippennegerinnen. Links ein EISMANN *mit türkischem Honig und Luftballons. Rechts ein Haut-den-Lukas – (das ist so ein althergebrachter Kraftmesser, wo Du unten mit einem Holzbeil auf einen Bolzen draufhaust, und dann saust ein anderer Bolzen an einer Stange in die Höhe, und wenn dann dieser andere Bolzen die Spitze der Stange erreicht, dann knallt es und dann wirst Du dekoriert, und zwar für jeden Knall mit einem Orden).*
Es ist bereits spät am Nachmittag und jetzt fliegt gerade der Zeppelin in einer ganz geringen Höhe über die Oktoberfestwiese – in der Ferne Geheul mit allgemeinem Musiktusch und Trommelwirbel.

3. Szene

RAUCH. Bravo Zeppelin! Bravo Eckener! Bravo!
EIN AUSRUFER. Heil!
SPEER. Majestätisch. Hipp hipp hurrah!
(Pause.)
EIN LILIPUTANER. Wenn man bedenkt, wie weit es wir Menschen schon gebracht haben – *(er winkt mit seinem Taschentuch).*
(Pause.)
KAROLINE. Jetzt ist er gleich verschwunden, der Zeppelin –

DER LILIPUTANER. Am Horizont.

KAROLINE. Ich kann ihn kaum mehr sehen –

DER LILIPUTANER. Ich seh ihn noch ganz scharf.

KAROLINE. Jetzt seh ich nichts mehr. *(Sie erblickt* KASIMIR; *lächelt.)* Du Kasimir. Jetzt werden wir bald alle fliegen.

KASIMIR. Geh so lasse mich doch aus. *(Er wendet sich dem Lukas zu und haut ihn vor einem stumm interessierten Publikum – aber erst beim drittenmal knallt es und dann zahlt der* KASIMIR *und wird mit einem Orden dekoriert.)*

KAROLINE. Ich gratuliere.

KASIMIR. Zu was denn?

KAROLINE. Zu Deiner Auszeichnung da.

KASIMIR. Danke.

(Stille.)

KAROLINE. Der Zeppelin, der fliegt jetzt nach Oberammergau, aber dann kommt er wieder zurück und wird einige Schleifen über uns beschreiben.

KASIMIR. Das ist mir wurscht! Da fliegen droben zwanzig Wirtschaftskapitäne und herunten verhungern derweil einige Millionen! Ich scheiss Dir was auf den Zeppelin, ich kenne diesen Schwindel und hab mich damit auseinandergesetzt – der Zeppelin, verstehst Du mich, das ist ein Luftschiff und wenn einer von uns dieses Luftschiff sieht, dann hat er so ein Gefühl, als tät er auch mitfliegen – derweil haben wir bloss die schiefen Absätz und das Maul können wir uns an das Tischeck hinhaun!

KAROLINE. Wenn Du so traurig bist, dann werd ich auch traurig.

KASIMIR. Ich bin kein trauriger Mensch.

KAROLINE. Doch. Du bist ein Pessimist.

KASIMIR. Das schon. Ein jeder intelligente Mensch ist ein Pessimist. *(Er lässt sie wieder stehen und haut abermals den Lukas; jetzt knallt es dreimal, er zahlt und bekommt drei Orden; dann nähert er sich wieder* KARO-

LINE.*)* Du kannst natürlich leicht lachen. Ich habe es Dir doch gleich gesagt, dass ich heut unter gar keinen Umständen auf Dein Oktoberfest geh. Gestern abgebaut und morgen stempeln, aber heut sich amüsieren, vielleicht gar noch mit lachendem Gesicht!

KAROLINE. Ich habe ja garnicht gelacht.

KASIMIR. Natürlich hast Du gelacht. Und das darfst Du ja auch – Du verdienst ja noch was und lebst bei Deinen Eltern, die wo pensionsberechtigt sind. Aber ich habe keine Eltern mehr und steh allein in der Welt, ganz und gar allein.
(Stille.)

KAROLINE. Vielleicht sind wir zu schwer füreinander –

KASIMIR. Wie meinst Du das jetzt?

KAROLINE. Weil Du halt ein Pessimist bist und ich neige auch zur Melancholie – – schau, zum Beispiel zuvor – beim Zeppelin –

KASIMIR. Geh halt doch Dein Maul mit dem Zeppelin!

KAROLINE. Du sollst mich nicht immer so anschreien, das hab ich mir nicht verdient um Dich!

KASIMIR. Habe mich gerne! *(Ab.)*

4. Szene

KAROLINE *(sieht ihm nach; wendet sich dann langsam dem* EISMANN *zu, kauft sich eine Portion und schleckt daran gedankenvoll).*

SCHÜRZINGER *(schleckt bereits die zweite Portion).*

KAROLINE. Was schauns mich denn so blöd an?

SCHÜRZINGER. Pardon! Ich habe an etwas ganz anderes gedacht.

KAROLINE. Drum.
(Stille.)

SCHÜRZINGER. Ich habe gerade an den Zeppelin gedacht.
(Stille.)

KAROLINE. Der Zeppelin, der fliegt jetzt nach Oberammergau.

SCHÜRZINGER. Waren das Fräulein schon einmal in Oberammergau?

KAROLINE. Schon dreimal.

SCHÜRZINGER. Respekt!

(Stille.)

KAROLINE. Aber die Oberammergauer sind auch keine Heiligen. Die Menschen sind halt überall schlechte Menschen.

SCHÜRZINGER. Das darf man nicht sagen, Fräulein! Die Menschen sind weder gut noch böse. Allerdings werden sie durch unser heutiges wirtschaftliches System gezwungen, egoistischer zu sein, als sie es eigentlich wären, da sie doch schliesslich vegetieren müssen. Verstehens mich?

KAROLINE. Nein.

SCHÜRZINGER. Sie werden mich schon gleich verstehen. Nehmen wir an, Sie lieben einen Mann. Und nehmen wir weiter an, dieser Mann wird nun arbeitslos. Dann lässt die Liebe nach, und zwar automatisch.

KAROLINE. Also das glaub ich nicht!

SCHÜRZINGER. Bestimmt!

KAROLINE. Oh nein! Wenn es dem Manne schlecht geht, dann hängt das wertvolle Weib nur noch intensiver an ihm – könnt ich mir schon vorstellen.

SCHÜRZINGER. Ich nicht.

(Stille.)

KAROLINE. Können Sie handlesen?

SCHÜRZINGER. Nein.

KAROLINE. Was sind denn der Herr eigentlich von Beruf?

SCHÜRZINGER. Raten Sie doch mal.

KAROLINE. Feinmechaniker?

SCHÜRZINGER. Nein. Zuschneider.

KAROLINE. Also das hätt ich jetzt nicht gedacht!

SCHÜRZINGER. Und warum denn nicht?

KAROLINE. Weil ich die Zuschneider nicht mag. Alle Zuschneider bilden sich gleich soviel ein.
(Stille.)

SCHÜRZINGER. Bei mir ist das eine Ausnahme. Ich hab mich mal mit dem Schicksalsproblem beschäftigt.

KAROLINE. Essen Sie auch gern Eis?

SCHÜRZINGER. Meine einzige Leidenschaft, wie man so zu sagen pflegt.

KAROLINE. Die einzige?

SCHÜRZINGER. Ja.

KAROLINE. Schad!

SCHÜRZINGER. Wieso?

KAROLINE. Ich meine, da fehlt Ihnen doch dann was.

5. Szene

KASIMIR *(erscheint wieder und winkt* KAROLINE *zu sich heran).*

KAROLINE *(folgt ihm).*

KASIMIR. Wer ist denn das, mit dem Du dort sprichst?

KAROLINE. Ein Bekannter von mir.

KASIMIR. Seit wann denn?

KAROLINE. Schon seit lang. Wir haben uns gerade ausnahmsweise getroffen. Glaubst Du mir denn das nicht?

KASIMIR. Warum soll ich Dir das nicht glauben?
(Stille.)

KAROLINE. Was willst Du?
(Stille.)

KASIMIR. Wie hast Du das zuvor gemeint, dass wir zwei zu schwer fureinander sind?

KAROLINE *(schweigt boshaft).*

KASIMIR. Soll das eventuell heissen, dass wir zwei eventuell nicht zueinander passen?

KAROLINE. Eventuell.

KASIMIR. Also das soll dann eventuell heissen, dass wir uns eventuell trennen sollen – und dass Du mit solchen Gedanken spielst?

KAROLINE. So frag mich doch jetzt nicht!

KASIMIR. Und warum nicht, wenn man fragen darf?

KAROLINE. Weil ich jetzt verärgert bin. Und in einer solchen Stimmung kann ich Dir doch nichts Gescheites sagen!

(Stille.)

KASIMIR. So. Hm. Also das wird dann schon so sein. So und nicht anders. Da gibt es keine Ausnahmen. Lächerlich.

KAROLINE. Was redest Du denn da?

KASIMIR. Es ist schon so.

KAROLINE *(fixiert ihn).* Wie?

(Stille.)

KASIMIR. Oder ist das vielleicht nicht eigenartig, dass es Dir gerade an jenem Tage auffällt, dass wir zwei eventuell nicht zueinander passen – an jenem Tage, an welchem ich abgebaut worden bin?

(Stille.)

KAROLINE. Ich versteh Dich nicht, Kasimir.

KASIMIR. Denk nur nach. Denk nur nach, Fräulein!

(Stille.)

KAROLINE *(plötzlich).* Oh Du undankbarer Mensch! Hab ich nicht immer zu Dir gehalten? Weisst es denn nicht, was das für Schwierigkeiten gegeben hat mit meinen Eltern, weil ich keinen Beamten genommen hab und nicht von Dir gelassen hab und immer Deine Partei ergriffen hab?!

KASIMIR. Reg Dich nur ab, Fräulein! Überleg es Dir lieber, was Du mir angetan hast.

KAROLINE. Und was tust Du mir an?

KASIMIR. Ich konstatiere eine Wahrheit. So. Und jetzt lass ich Dich stehn – *(ab).*

6. Szene

KAROLINE *(sieht ihm nach; wendet sich dann wieder dem* SCHÜRZINGER *zu; jetzt dämmert es bereits).*

SCHÜRZINGER. Wer war denn dieser Herr?

KAROLINE. Mein Bräutigam.

SCHÜRZINGER. Sie haben einen Bräutigam?

KAROLINE. Er hat mich gerade sehr gekränkt. Nämlich gestern ist er abgebaut worden und da hat er jetzt behauptet, ich würde mich von ihm trennen wollen, weil er abgebaut worden ist.

SCHÜRZINGER. Das alte Lied.

KAROLINE. Geh reden wir von etwas anderem!

(Stille.)

SCHÜRZINGER. Er steht dort drüben und beobachtet uns.

KAROLINE. Ich möcht jetzt mal mit der Achterbahn fahren.

SCHÜRZINGER. Das ist ein teurer Spass.

KAROLINE. Aber jetzt bin ich auf dem Oktoberfest und ich hab es mir vorgenommen. Geh fahrens halt mit!

SCHÜRZINGER. Aber nur einmal.

KAROLINE. Also das steht bei Ihnen.

(Dunkel.)

7. Szene

Das Orchester spielt nun die Glühwürmchen-Suite.

8. Szene

Neuer Schauplatz:

Neben der Achterbahn, dort wo die Oktoberfestwiese aufhört.

Die Stelle liegt etwas abseits und ist nicht gut beleuchtet. Nämlich es ist bereits Nacht geworden, aber in der Ferne ist alles illuminiert. KAROLINE *und* SCHÜRZINGER *kommen und hören das Sausen der Achterbahn und das selige Kreischen der Fahrgäste.*

9. Szene

KAROLINE. Ja das ist die richtige Achterbahn. Es gibt nämlich noch eine, aber mit der ist man bald fertig. Dort ist die Kasse. Jetzt ist mir etwas gerissen.

SCHÜRZINGER. Was?

KAROLINE. Ich weiss noch nicht was. Geh drehens Ihnen um, bitte.

(Stille.)

SCHÜRZINGER *(hat sich umgedreht).* Er folgt uns noch immer, Ihr Herr Bräutigam. Jetzt spricht er sogar mit einem Herrn und einer Dame – sie lassen uns nicht aus den Augen.

KAROLINE. Wo? – – das ist doch jetzt der Merkl Franz und seine Erna. Ja den kenn ich. Nämlich das ist ein ehemaliger Kollege von meinem Kasimir. Aber der ist auf die schiefe Ebene geraten. Wie oft dass der schon gesessen ist.

SCHÜRZINGER. Die Kleinen hängt man und die Grossen lässt man laufen.

KAROLINE. Das schon. Aber der Merkl Franz prügelt seine Erna, obwohl sie ihm pariert. Und ein schwaches Weib schlagen, das ist doch wohl schon das allerletzte.

SCHÜRZINGER. Bestimmt.

KAROLINE. Der Kasimir ist ja auch sehr jähzornig von Natur aus, aber angerührt hat er mich noch nie.

SCHÜRZINGER. Hoffentlich macht er uns hier keinen Skandal.

KAROLINE. Nein das macht er nie in der Öffentlichkeit. Dazu ist er viel zu beherrscht. Schon von seinem Beruf her.

SCHÜRZINGER. Was ist er denn?

KAROLINE *(hat sich nun repariert).* Kraftwagenführer. Chauffeur.

SCHÜRZINGER. Jähzornige Leute sind aber meistens gutmütig.

KAROLINE. Haben Sie Angst?

SCHÜRZINGER. Wie kommen Sie darauf?

(Stille.)

KAROLINE. Ich möchte jetzt mit der Achterbahn fahren. *(Ab mit dem* SCHÜRZINGER *und nun ist einige Zeit kein Mensch zu sehen.)*

10. Szene

KASIMIR *(kommt langsam mit dem* MERKL FRANZ *und dem seiner* ERNA*).*

DER MERKL FRANZ. Parlez-vous française?

KASIMIR. Nein.

DER MERKL FRANZ. Schade.

KASIMIR. Wieso?

DER MERKL FRANZ. Weil sich das deutsch nicht so sagen lässt. Ein Zitat. In puncto Achterbahn und Karoline – *(zu* ERNA*).* Wenn Du mir sowas antun würdest, ich tät Dir ja das Kreuz abschlagen.

ERNA. So sei doch nicht so ungerecht.

11. Szene

KAROLINE *(kreischt nun droben auf der abwärtssausenden Achterbahn).*

KASIMIR *(starrt empor).* Fahre wohl, Fräulein Karoline! Dass Dir nur nichts passiert. Dass Du Dir nur ja nicht das Genick verrenkst. Das wünscht Dir jetzt Dein Kasimir.

DER MERKL FRANZ. Habe nur keine Angst. Wir sind zu zweit.

KASIMIR. Ich bin nicht zu zweit! Ich mag nicht zu zweit sein! Ich bin allein.

(Stille.)

DER MERKL FRANZ. Ich hätt ja einen plausibleren Vorschlag: lass doch diesen Kavalier überhaupt laufen – er kann doch nichts dafür, dass jetzt die Deine mit ihm da droben durch die Weltgeschichte rodelt. Du hast Dich doch nur mit ihr auseinanderzusetzen. Wie sie auf der Bildfläche erscheint, zerreiss ihr das Maul.

KASIMIR. Das ist eine Ansichtssache.

DER MERKL FRANZ. Natürlich.

(Stille.)

KASIMIR. Ich bin aber nicht der Ansicht.

DER MERKL FRANZ. Du bist halt ein naiver Mensch.

KASIMIR. Wahrscheinlich.

(Stille.)

DER MERKL FRANZ. Was ist das Weib? Kennst den Witz, wo die Tochter mit dem leiblichen Vater und dem Bruder –

ERNA *(unterbricht ihn)*. Du sollst nicht immer so wegwerfend über uns Frauen reden!

(Stille.)

DER MERKL FRANZ. Ja wie hätten wir es denn?

ERNA. Ich bin doch zuguterletzt auch eine Frau!

DER MERKL FRANZ. Also werd mir nur nicht nervös. Da. Halt mal meine Handschuhe. Jetzt möchte er sich nur etwas holen, dort drüben, für das Gemüt – *(ab; in der Ferne ertönt nun ein Waldhorn, und zwar wehmütig).*

12. Szene

ERNA. Herr Kasimir. Da schauns mal hinauf. Das ist der grosse Bär.

KASIMIR. Wo?

ERNA. Dort. Und das dort ist der Orion. Mit dem Schwert.

KASIMIR. Woher wissen Sie denn all das?

ERNA. Das hat mir mal mein Herr erklärt, wie ich noch gedient hab – der ist ein Professor gewesen. Wissens, wenns mir schlecht geht, dann denk ich mir immer, was ist ein Mensch neben einem Stern. Und das gibt mir dann wieder einen Halt.

13. Szene

SCHÜRZINGER *(erscheint und das Waldhorn verstummt).*

KASIMIR *(erkennt ihn).*

SCHÜRZINGER *(grüsst).*

KASIMIR *(grüsst auch, und zwar unwillkürlich).*

SCHÜRZINGER. Ihr Fräulein Braut fahren noch.

KASIMIR *(fixiert ihn grimmig).* Das freut mich.

14. Szene

DER MERKL FRANZ *(erscheint nun auch wieder; er hatte sich drüben zwei Paar Schweinswürstel gekauft und verzehrt nun selbe mit Appetit).*

15. Szene

SCHÜRZINGER. Ich bin nur einmal mitgefahren. Ihr Fräulein Braut wollte aber noch einmal.

KASIMIR. Noch einmal.

SCHÜRZINGER. Bestimmt.

(Stille.)

KASIMIR. Bestimmt. Alsdann: der Herr sind doch ein alter Bekannter von meiner Fräulein Braut?

SCHÜRZINGER. Wieso?

KASIMIR. Was wieso?

SCHÜRZINGER. Nein das muss ein Irrtum sein. Ich kenne Ihr Fräulein Braut erst seit zuvor dort bei dem Eismann – da sind wir so unwillkürlich ins Gespräch gekommen.

KASIMIR. Unwillkürlich –

SCHÜRZINGER. Absolut.

KASIMIR. Das auch noch.

SCHÜRZINGER. Warum?

KASIMIR. Weil das sehr eigenartig ist. Nämlich mein Fräulein Braut sagte mir zuvor, dass sie Ihnen schon seit langem kennt. Schon seit lang, sagte sie.

DER MERKL FRANZ. Peinsam.

(Stille.)

SCHÜRZINGER. Das tut mir aber leid.

KASIMIR. Also stimmt das jetzt oder stimmt das jetzt nicht? Ich möchte nämlich da klar sehen. Von Mann zu Mann.

(Stille.)

SCHÜRZINGER. Nein. Es stimmt nicht.

KASIMIR. Ehrenwort?

SCHÜRZINGER. Ehrenwort.

KASIMIR. Ich danke.

(Stille.)

DER MERKL FRANZ. In diesem Sinne kommst Du auf keinen grünen Zweig nicht, lieber guter alter Freund. Hau ihm doch eine aufs Maul –

KASIMIR. Mische Dich bitte da nicht hinein!

DER MERKL FRANZ. Huste mich nicht so schwach an! Du Nasenbohrer.

KASIMIR. Ich bin kein Nasenbohrer!

DER MERKL FRANZ. Du wirst es ja schon noch erleben, wo Du landen wirst mit derartig nachsichtigen Methoden! Ich seh Dich ja schon einen Kniefall machen vor dem offiziellen Hausfreund Deiner eignen Braut! Küsse nur die Spur ihres Trittes – Du wirst ihr auch noch die Schleppe tragen und Dich mit einer besonderen Wonne unter ihre Schweissfüsse beugen, Du Masochist!

KASIMIR. Ich bin kein Masochist! Ich bin ein anständiger Mensch!

(Stille.)

DER MERKL FRANZ. Das ist der Dank. Man will Dir helfen und Du wirst anzüglich. Stehen lassen sollte ich Dich da wo Du stehst!

ERNA. Komm Franz!

DER MERKL FRANZ *(kneift sie in den Arm).*

ERNA. Au! Au –

DER MERKL FRANZ. Und wenn Du Dich noch so sehr windest! Ich bleibe, solange ich Lust dazu habe – in einer solchen Situation darf man seinen Freund nicht allein lassen.

16. Szene

KAROLINE *(erscheint).*

(Stille.)

17. Szene

KASIMIR *(nähert sich langsam* KAROLINE *und hält dicht vor ihr).* Ich habe Dich zuvor gefragt, wie Du das verstanden haben willst, dass wir zwei eventuell nicht mehr zueinander passen. Und Du hast gesagt: eventuell. Hast Du gesagt.

KAROLINE. Und Du hast gesagt, dass ich Dich verlasse, weil Du abgebaut worden bist. Das ist eine ganz tiefe Beleidigung. Eine wertvolle Frau hängt höchstens noch mehr an dem Manne, zu dem sie gehört, wenn es diesem Manne schlecht geht.

KASIMIR. Bist Du eine wertvolle Frau?

KAROLINE. Das musst Du selber wissen.

KASIMIR. Und Du hängst jetzt noch mehr an mir?

KAROLINE *(schweigt).*

KASIMIR. Du sollst mir jetzt eine Antwort geben.

KAROLINE. Ich kann Dir darauf keine Antwort geben. Das musst Du fühlen.

(Stille.)

KASIMIR. Warum lügst Du?

KAROLINE. Ich lüge nicht.

KASIMIR. Doch. Und zwar ganz ohne Schamgefühl.

(Stille.)

KAROLINE. Wann soll denn das gewesen sein?

KASIMIR. Zuvor. Da hast Du gesagt, dass Du diesen Herrn dort schon lange kennst. Seit schon lang, hast Du gesagt. Und derweil ist das doch nur so eine Oktoberfestbekanntschaft. Warum hast Du mich angelogen?

(Stille.)

KAROLINE. Ich war halt sehr verärgert.

KASIMIR. Das ist noch kein Grund.

KAROLINE. Bei einer Frau vielleicht schon.

KASIMIR. Nein.

(Stille.)

KAROLINE. Eigentlich wollte ich ja nur ein Eis essen – aber dann haben wir über den Zeppelin gesprochen. Du bist doch sonst nicht so kleinlich.

KASIMIR. Das kann ich jetzt nicht so einfach überwinden.

KAROLINE. Ich habe doch nur mit der Achterbahn fahren wollen.

(Stille.)

KASIMIR. Wenn Du gesagt hättest: lieber Kasimir, ich möchte gerne mit der Achterbahn fahren, weil ich das so gerne möchte – dann hätte der Kasimir gesagt: fahre zu mit Deiner Achterbahn!

KAROLINE. So stell Dich doch nicht so edel hin!

KASIMIR. Schleim Dich nur ruhig aus. Wer ist denn das eigentlich?

KAROLINE. Das ist ein gebildeter Mensch. Ein Zuschneider.
(Stille.)

KASIMIR. Du meinst also, dass ein Zuschneider etwas Gebildeteres ist wie ein ehrlicher Chauffeur?

KAROLINE. Geh verdrehe doch nicht immer die Tatsachen.

KASIMIR. Das überlasse ich Dir! Ich konstatiere, dass Du mich angelogen hast und zwar ganz ohne Grund! So schwing Dich doch mit Deinem gebildeten Herrn Zuschneider! Das sind freilich die feineren Kavaliere als wie so ein armer Hund, der wo gestern abgebaut worden ist!

KAROLINE. Und nur weil Du abgebaut worden bist, soll ich jetzt vielleicht weinen? Gönnst einem schon gar kein Vergnügen, Du Egoist.

KASIMIR. Seit wann bin ich denn ein Egoist? Jetzt muss ich aber direkt lachen! Hier dreht es sich doch nicht um Deine Achterbahn, sondern um Dein unqualifizierbares Benehmen, indem dass Du mich angelogen hast!

SCHÜRZINGER. Pardon –

DER MERKL FRANZ *(unterbricht ihn)*. Jetzt halt aber endlich Dein Maul und schau, dass Du Dich verrollst! Fahr ab sag ich!

KASIMIR. Lass ihn laufen, Merkl! Die zwei passen prima zusammen! *(Zu* KAROLINE.*)* Du Zuschneidermensch!
(Stille.)

KAROLINE. Was hast Du da jetzt gesagt?

DER MERKL FRANZ. Er hat jetzt da gesagt: Zuschneidermensch. Oder Nutte, wie der Berliner sagt.

SCHÜRZINGER. Kommen Sie, Fräulein!

KAROLINE. Ja. Jetzt komme ich – *(ab mit dem* SCHÜRZINGER*)*.

18. Szene

DER MERKL FRANZ *(sieht ihnen nach).* Glückliche Reise!

KASIMIR. Zu zweit.

DER MERKL FRANZ. Weiber gibts wie Mist! *(Zu* ERNA.*)* Wie Mist.

ERNA. So sei doch nicht so ordinär. Was hab ich denn Dir getan?

DER MERKL FRANZ. Du bist eben auch nur ein Weib. So und jetzt kauft sich der Merkl Franz eine Tasse Bier. Von wegen der lieblicheren Gedanken. Kasimir, geh mit!

KASIMIR. Nein. Ich geh jetzt nachhaus und leg mich ins Bett. *(Ab.)*

19. Szene

DER MERKL FRANZ *(ruft ihm nach).* Gute Nacht! *(Dunkel.)*

20. Szene

Das Orchester spielt nun die Parade der Zinnsoldaten.

21. Szene

Neuer Schauplatz:
Beim Toboggan.
Am Ende der Rinne, in welcher die Tobogganbesucher am Hintern herunterrutschen. Wenn dabei die zuschauenden Herren Glück haben, dann können sie den herunterrutschenden Damen unter die Röcke sehen.
Auch RAUCH *und* SPEER *sehen zu.*

Links ein EISMANN *mit türkischem Honig und Luftballons. Rechts eine Hühnerbraterei, die aber wenig frequentiert wird, weil alles viel zu teuer ist.*
Jetzt rutschen gerade ELLI *und* MARIA *in der Rinne herunter und man kann ihnen unter die Röcke sehen.*
Und die Luft ist voll Wiesenmusik.

22. Szene

RAUCH *(zwinkert* ELLI *und* MARIA *zu, die wo sich mit ihren Büstenhaltern beschäftigen, welche sich durch das Herabrutschen verschoben haben).*
ELLI. Ist das aber ein alter Hirsch.
MARIA. Reichlich.
ELLI. Ein Saubär ein ganz bremsiger.
MARIA. Ich glaub, dass der andere ein Norddeutscher ist.
ELLI. Wieso weswegen?
MARIA. Das kenn ich am Hut. Und an die Schuh.
RAUCH *(grinst noch immer).*
ELLI *(blickt ihn freundlich an – aber so, dass er es nicht hören kann).* Schnallentreiber dreckiger.
RAUCH *(grüsst geschmeichelt).*
ELLI *(wie zuvor).* Guten Abend, Herr Nachttopf!
RAUCH *(läuft das Wasser im Munde zusammen).*
ELLI *(wie zuvor).* Das tät Dir so passen, altes Scheisshaus – denk lieber ans Sterben als wie an das Gegenteil! *(Fröhlich lachend ab mit* MARIA.*)*

23. Szene

RAUCH. Geht los wie Blücher!
SPEER. Zwei hübsche Todsünden – was?
RAUCH. Trotz Krise und Politik – mein altes Oktoberfest, das bringt mir kein Brüning um. Hab ich übertrieben?

SPEER. Gediegen. Sehr gediegen!

RAUCH. Da sitzt doch noch der Dienstmann neben dem Geheimrat, der Kaufmann neben dem Gewerbetreibenden, der Minister neben dem Arbeiter – so lob ich mir die Demokratie! *(Er tritt mit* SPEER *an die Hühnerbraterei; die beiden Herren fressen nun ein zartes knuspriges Huhn und saufen Kirsch und Wiesenbier.)*

24. Szene

KAROLINE *(kommt mit dem* SCHÜRZINGER*; sie etwas voraus – dann hält sie plötzlich und er natürlich auch).* Muss denn das sein, dass die Männer so misstrauisch sind? Wo man schon alles tut, was sie wollen.

SCHÜRZINGER. Natürlich muss man sich als Mann immer in der Hand haben. Sie dürfen mich nicht falsch verstehen.

KAROLINE. Warum?

SCHÜRZINGER. Ich meine, weil ich zuvor eine Lanze für Ihren Herrn Bräutigam gebrochen hab. Er ist halt sehr aufgebracht – es ist das doch kein Kinderspiel so plötzlich auf der Strasse zu liegen.

KAROLINE. Das schon. Aber das ist doch noch kein Grund, dass er sagt, dass ich eine Dirne bin. Man muss das immer trennen, die allgemeine Krise und das Private.

SCHÜRZINGER. Meiner Meinung nach sind aber diese beiden Komplexe unheilvoll miteinander verknüpft.

KAROLINE. Geh redens doch nicht immer so geschwollen daher! Ich kauf mir jetzt noch ein Eis. *(Sie kauft sich bei dem* EISMANN *Eis und auch der* SCHÜRZINGER *schleckt wieder eine Portion.)*

25. Szene

RAUCH *(deutet fressend auf* KAROLINE*).* Was das Mädchen dort für einen netten Popo hat –

SPEER. Sehr nett.

RAUCH. Ein Mädchen ohne Popo ist kein Mädchen.

SPEER. Sehr richtig.

26. Szene

SCHÜRZINGER. Ich meine ja nur, dass man sich so eine Trennung genau überlegen muss mit allen ihren Konsequenzen.

KAROLINE. Mit was denn für Konsequenzen? Ich bin doch eine berufstätige Frau.

SCHÜRZINGER. Aber ich meine ja doch jetzt das seelische Moment.

(Stille.)

KAROLINE. Ich bin nicht so veranlagt, dass ich mich beschimpfen lasse. Ich bin ja sogar blöd, dass ich mich derart mit Haut und Haar an den Herrn Kasimir ausgeliefert habe – ich hätt doch schon zweimal einen Beamten heiraten können mit Pensionsberechtigung.

(Stille.)

SCHÜRZINGER. Ich möchte es halt nur nicht gerne haben, dass das jetzt so herschaut, als wäre vielleicht ich an dieser Entfremdung zwischen ihm und Ihnen schuld – ich habe nämlich schon einmal Mann und Frau entzweit. Nie wieder!

KAROLINE. Sie haben doch vorhin gesagt, dass wenn der Mann arbeitslos wird, dass dann hernach auch die Liebe von seiner Frau zu ihm hin nachlässt – und zwar automatisch.

SCHÜRZINGER. Das liegt in unserer Natur. Leider.

KAROLINE. Wie heissen Sie denn eigentlich mit dem Vornamen?

SCHÜRZINGER. Eugen.
KAROLINE. Sie haben so ausgefallene Augen.
SCHÜRZINGER. Das haben mir schon manche gesagt.
KAROLINE. Bildens Ihnen nur nichts ein!
(Stille.)
SCHÜRZINGER. Gefällt Ihnen Eugen als Vorname?
KAROLINE. Unter Umständen.
(Stille.)
SCHÜRZINGER. Ich bin ein einsamer Mensch, Fräulein. Sehen Sie, meine Mutter zum Beispiel, die ist seit der Inflation taub und auch nicht mehr ganz richtig im Kopf, weil sie alles verloren hat – so habe ich jetzt keine Seele, mit der ich mich aussprechen kann.
KAROLINE. Habens denn keine Geschwister?
SCHÜRZINGER. Nein. Ich bin der einzige Sohn.
KAROLINE. Jetzt kann ich aber kein Eis mehr essen. *(Ab mit dem* SCHÜRZINGER.*)*

27. Szene

SPEER. Eine merkwürdige Jugend diese heutige Jugend. Wir haben ja seinerzeit auch Sport getrieben, aber so merkwürdig wenig Interesse für die Reize des geistigen Lebens –
RAUCH. Eine eigentlich unsinnliche Jugend.
SPEER *(lächelt)*. Es bleibt ihnen zwar manches erspart.
RAUCH. Ich hab immer Glück gehabt.
SPEER. Ich auch, ausser einmal.
RAUCH. War sie wenigstens hübsch?
SPEER. In der Nacht sind alle Katzen grau.
RAUCH *(erhebt sein Glas)*. Spezielles!

28. Szene

KAROLINE *(rutscht nun die Rinne herunter gefolgt von dem* SCHÜRZINGER *und* RAUCH *und* SPEER *können ihr unter die Röcke sehen).*

SCHÜRZINGER *(erblickt* RAUCH, *zuckt zusammen und grüsst überaus höflich, sogar gleich zweimal).*

29. Szene

RAUCH *(dankt überrascht; zu* SPEER*).* Wer ist denn das? Jetzt grüsst mich da der Kavalier von dem netten Popo –

30. Szene

KAROLINE *(beschäftigt sich nun auch mit ihrem Büstenhalter).* Wer ist denn das dort?

SCHÜRZINGER. Das ist er selbst. Kommerzienrat Rauch. Mein Chef. Sie kennen doch die grosse Firma – vier Stock hoch und auch noch nach hinten hinaus.

KAROLINE. Ach ja ja!

SCHÜRZINGER. Er hat zwar im Juni eine GmbH aus sich gemacht, aber nur pro forma von wegen der Steuer und so.

31. Szene

RAUCH *(hatte sich mit* SPEER *besprochen und nähert sich nun bereits etwas angetrunken dem* SCHÜRZINGER*).* Verzeihen Sie der Herr! Woher haben wir das Vergnügen?

SCHÜRZINGER. Mein Name ist Schürzinger, Herr Kommerzienrat.

RAUCH. Schürzinger?

SCHÜRZINGER. Kinderkonfektion. Abteilung Kindermäntel. *(Stille.)*

RAUCH *(zu* SCHÜRZINGER*)*. Das Fräulein Braut?

KAROLINE. Nein.

(Stille.)

RAUCH *(steckt dem* SCHÜRZINGER *eine Zigarre in den Mund)*. Sehr angenehm! *(Zu* KAROLINE.*)* Dürfen der Herr Kommerzienrat das Fräulein zu einem Kirsch bitten?

KAROLINE. Nein danke. Ich kann keinen Kirsch vertragen. Ich möcht gern einen Samos.

RAUCH. Also einen Samos! *(Er tritt an die Hühnerbraterei.)* Einen Samos! *(Zu* KAROLINE.*)* Das ist mein bester Freund aus Erfurt in Thüringen – und ich stamme aus Weiden in der Oberpfalz. Auf Ihr Wohlsein, Fräulein! Und einen Kirsch für den jungen Mann da!

SCHÜRZINGER. Verzeihung, Herr Kommerzienrat – aber ich nehme nie Alkohol zu mir.

32. Szene

KASIMIR *(erscheint und beobachtet)*.

33. Szene

RAUCH. Na wieso denn nicht?

SCHÜRZINGER. Weil ich ein Antialkoholiker bin, Herr Kommerzienrat.

SPEER. Aus Prinzip?

SCHÜRZINGER. Wie man so zu sagen pflegt.

RAUCH. Also derartige Prinzipien werden hier nicht anerkannt! Wir betrachten selbige als nichtexistent! Mit seinem Oberherrgott wird der junge Mann schon einen Kirsch kippen! Ex, Herr –

SCHÜRZINGER. Schürzinger. *(Er leert das Glas und schneidet eine Grimasse.)*

RAUCH. Schürzinger! Ich hatte mal einen Erzieher, der hiess auch Schürzinger. War das ein Rhinozeros! Noch einen Samos! Und noch einen Kirsch für den Herrn Antialkoholiker – den haben wir jetzt entjungfert in Sachen Alkohol. Sie vielleicht auch, Fräulein?

KAROLINE. Oh nein! Ich trink nur nichts Konzentriertes und das gemischte Zeug hab ich schon garnicht gern – *(sie erblickt* KASIMIR*).*

34. Szene

KASIMIR *(winkt sie zu sich heran).*

KAROLINE *(folgt nicht).*

KASIMIR *(winkt deutlicher).*

KAROLINE *(leert den Samos, stellt dann das Glas trotzig und umständlich hin und nähert sich langsam* KASIMIR*).*

35. Szene

RAUCH. Wer ist denn das? Don Quichotte?

SCHÜRZINGER. Das ist der Bräutigam von dem Fräulein.

SPEER. Tableau!

SCHÜRZINGER. Sie möcht aber nichts mehr von ihm wissen.

RAUCH. Schon wieder angenehmer!

36. Szene

KAROLINE. Was willst Du denn schon wieder?
(Stille.)

KASIMIR. Was sind denn das dort für Leute?

KAROLINE. Lauter alte Bekannte.

KASIMIR. Sei nicht boshaft bitte.

KAROLINE. Ich bin nicht boshaft. Der Dicke dort ist der berühmte Kommerzienrat Rauch, der wo Alleininhaber ist. Und der andere kommt aus Norddeutschland. Ein Landgerichtsdirektor.

KASIMIR. Also lauter bessere Menschen. Du kannst mich jetzt nicht mehr aufregen.

(Stille.)

KAROLINE. Was willst Du noch?

KASIMIR. Ich hab Dich um Verzeihung bitten wollen von wegen meinem Misstrauen und dass ich zuvor so grob zu Dir war. Nein das war nicht schön von mir. Wirst Du mir das verzeihen?

KAROLINE. Ja.

KASIMIR. Ich danke Dir. Jetzt geht es mir schon wieder anders – *(er lächelt).*

KAROLINE. Du verkennst Deine Lage.

KASIMIR. Was für eine Lage?

(Stille.)

KAROLINE. Es hat keinen Sinn mehr, Kasimir. Ich hab mir das überlegt und habe mich genau geprüft – *(sie wendet sich der Schnapsbude zu).*

KASIMIR. Aber das sind doch dort keine Menschen für Dich! Die nützen Dich doch nur aus zu ihrem Vergnügen!

KAROLINE. So sei doch nicht so sentimental. Das Leben ist hart und eine Frau, die wo etwas erreichen will, muss einen einflussreichen Mann immer bei seinem Gefühlsleben packen.

KASIMIR. Hast Du mich auch dort gepackt?

KAROLINE. Ja.

(Stille.)

KASIMIR. Das ist nicht wahr.

KAROLINE. Doch.

(Stille.)

KASIMIR. Was willst Du denn durch diese Herrschaften dort erreichen?

KAROLINE. Eine höhere gesellschaftliche Stufe und so.

KASIMIR. Das ist aber eine neue Ansicht, die Du da hast.

KAROLINE. Nein das ist keine neue Ansicht – aber ich habe mich von Dir tyrannisieren lassen und habe es Dir nachgesagt, dass eine Büroangestellte auch nur eine Proletarierin ist! Aber da drinnen in meiner Seele habe ich immer anders gedacht! Mein Herz und mein Hirn waren ja umnebelt, weil ich Dir hörig war! Aber jetzt ist das aus.

KASIMIR. Aus?

KAROLINE. Du sagst es.

(Stille.)

KASIMIR. So. Hm. Also das wird dann schon so sein. Der Kasimir ist halt abgebaut. So und nicht anders. Da gibt es keine Ausnahmen. Lächerlich.

KAROLINE. Hast Du mir noch etwas zu sagen?

(Stille.)

KASIMIR. Lang bin ich herumgeschlichen und hab es mir überlegt, ob ich Dich nämlich um Verzeihung bitten soll – – aber jetzt tut es mir leid. *(Ab.)*

37. Szene

KAROLINE *(sieht ihm nach und wendet sich dann wieder der Schnapsbude zu).*

(Dunkel.)

38. Szene

Das Orchester spielt nun die letzte Rose.

39. Szene

Neuer Schauplatz:
Bei den Abnormitäten.
Drinnen im Zuschauerraum. Es ist gesteckt voll.
Auch RAUCH, SPEER, KAROLINE *und der* SCHÜRZINGER *sitzen drinnen.*

40. Szene

DER AUSRUFER. Als fünftes darf ich Ihnen nun vorstellen den Mann mit dem Bulldoggkopf!

DER MANN MIT DEM BULLDOGGKOPF *(betritt die Bühne).*

DER AUSRUFER. Johann, der Mann mit dem Bulldoggkopf, ist vorgestern sechzehn Jahre alt geworden. Wie Sie sehen, sind seine Unterkieferknochen abnorm stark ausgeprägt, sodass er mit seiner Unterlippe ohne weiteres bequem seine Nase bedecken kann.

DER MANN MIT DEM BULLDOGGKOPF *(tut es).*

DER AUSRUFER. Johann kann seinen Mund nicht öffnen und wird daher künstlich ernährt. Man könnte ihm zwar durch eine überaus schwierige Operation den Mund öffnen, aber dann hinwiederum könnte er seinen Mund nie schliessen. Sie sehen hier, was die Natur für Spiele zu betreiben beliebt und welch seltsame Menschen auf unserer Erde hausen.

DER MANN MIT DEM BULLDOGGKOPF *(verbeugt sich und ab).*

41. Szene

DER AUSRUFER. Und nun, meine Herrschaften, kommen wir zur sechsten Nummer und damit zum Clou unserer Serie. Juanita, das Gorillamädchen!

JUANITA *(betritt die Bühne).*

DER AUSRUFER. Juanita wurde in einem kleinen Dorfe bei Zwickau geboren. Wieso es gekommen war, dass sie in Hinsicht auf ihre körperliche Gestaltung nicht wie andere Menschenkinder das Licht der Welt erblickt hatte, das ist ein Rätsel der Wissenschaft. Wie sich die Herrschaften überzeugen können, ist Juanita am ganzen Leibe tierisch behaart und auch die Anordnung der inneren Organe ist wie bei einem Tier –

42. Szene

(Surren in der Luft, und zwar immer stärker und stärker; draussen Geheul und allgemeiner Musiktusch.)

RAUCH *(schnellt empor).* Der Zeppelin! Der Zeppelin!

(Ohrenbetäubendes Surren, die Zuschauer stürzen in das Freie – und nun beschreibt der Zeppelin einige Schleifen über der Oktoberfestwiese.)

43. Szene

JUANITA *(will auch hinaus).*

DER AUSRUFER. Zurück! Meschugge?

JUANITA. Aber der Zeppelin –

DER AUSRUFER. Aber ausgeschlossen! Unmöglich! Zurück!

44. Szene

DER MANN MIT DEM BULLDOGGKOPF *(erscheint mit den übrigen* ABNORMITÄTEN, *der* DICKEN DAME, *dem* RIESEN, *dem* JUNGEN MÄDCHEN MIT BART, *dem* KAMELMENSCHEN *und den* ZUSAMMENGEWACHSENEN ZWILLINGEN*).*

DER AUSRUFER. Ja wer hat Euch denn gerufen?! Was nehmt ihr Euch denn da heraus?!

DIE DICKE DAME. Aber der Zeppelin –

45. Szene

DER LILIPUTANER *(erscheint auf der Bühne mit einer Hundepeitsche).* Heinrich! Was gibts denn da?

DER AUSRUFER. Direktor! Die Krüppel sind wahnsinnig geworden! Sie möchten den Zeppelin sehen!

DER LILIPUTANER *(scharf).* Sonst noch was gefällig?!

(Stille.)

DER LILIPUTANER. Auf die Plätze! Aber schleunigst bitte! Was braucht Ihr einen Zeppelin zu sehen – wenn man Euch draussen sieht, sind wir pleite! Das ist ja Bolschewismus!

JUANITA. Also beschimpfen lass ich mich nicht! *(Sie weint.)*

DER MANN MIT DEM BULLDOGGKOPF *(röchelt, wankt und fasst sich ans Herz).*

DIE DICKE DAME. Johann! Johann –

DER LILIPUTANER. Raus mit Euch! Marsch marsch!

DIE DICKE DAME *(stützt den* MANN MIT DEM BULLDOGGKOPF*).* Der arme Johann – er hat doch so ein schwaches Herz – *(sie zieht sich zurück mit den übrigen* ABNORMITÄTEN, *nur* JUANITA *bleibt zurück).*

46. Szene

DER LILIPUTANER *(plötzlich sanft).* Also nur nicht weinen, kleine Juanita – hier hast Du Bonbons – schöne Pralinen –

JUANITA. Sie sollen mich nicht immer beschimpfen, Herr Direktor – das ist doch wirklich schon unchristlich.

DER LILIPUTANER. Nichts für ungut. Da – *(er übergibt ihr die Pralinen und ab).*

47. Szene

JUANITA *(verzehrt apathisch die Pralinen – inzwischen erscheinen* KAROLINE *und der* SCHÜRZINGER *wieder im Zuschauerraum und setzen sich in die hinterste Bankreihe).*

48. Szene

KAROLINE. Er sieht schön aus, der Zeppelin – auch in der Nacht, so beleuchtet. Aber wir fliegen ja nicht mit.

SCHÜRZINGER. Bestimmt.

KAROLINE. Sie schaun mich so komisch an.

SCHÜRZINGER. Sie mich auch.

(Stille.)

KAROLINE. Ich glaub, ich habe schon einen kleinen sitzen. Und Sie haben noch nie einen Alkohol getrunken?

SCHÜRZINGER. Noch nie.

KAROLINE. Und auch sonst sind der Herr so zurückhaltend?

SCHÜRZINGER. Das wieder weniger eigentlich.

KAROLINE *(gibt ihm plötzlich einen kurzen Kuss).*

(Stille.)

SCHÜRZINGER. Jetzt kenn ich mich nicht mehr aus. Ist das jetzt der Alkohol oder – es geht nämlich etwas vor in mir, was ich nicht kontrollieren kann. Wenn man zum Beispiel Geld hätte –

KAROLINE *(unterbricht ihn).* Geh sei doch nicht so fad!

(Stille.)

SCHÜRZINGER. Sind wir jetzt per Du?

KAROLINE. Für diesen heutigen Abend –

SCHÜRZINGER. Und für sonst?

KAROLINE. Vielleicht!

(Stille.)

49. Szene

RAUCH *(erscheint nun auch wieder im Zuschauerraum – er erblickt* KAROLINE *und* SCHÜRZINGER, *hält knapp beim Eingang und lauscht).*

KAROLINE. Du heisst Eugen?

SCHÜRZINGER. Ja.

KAROLINE. Und ich heisse Karoline. Warum lachst Du jetzt?

SCHÜRZINGER. Weil ich mich freu.

RAUCH. Und ich heisse Konrad.

SCHÜRZINGER *(zuckt zusammen und* KAROLINE *ebenfalls).*

(Stille.)

SCHÜRZINGER *(erhebt sich).*

RAUCH *(grinst und droht neckisch mit dem Zeigefinger).* Nanana, böses Karolinchen – wer sitzt denn da drinnen, während draussen der Zeppelin fliegt?

KAROLINE. Oh den Zeppelin, den kenne ich schon auswendig!

(Stille.)

RAUCH *(fixiert* SCHÜRZINGER; *verärgert).* Ich gratuliere.

SCHÜRZINGER *(verbeugt sich unangenehm berührt).*

RAUCH *(grimmig).* Nur so weiter! Lassen Sie sich nur nicht stören in Ihrer angeregten Unterhaltung –

SCHÜRZINGER. Herr Kommerzienrat! Angeregt ist anders, wie man so zu sagen pflegt – *(er lächelt höflich und setzt sich wieder).*

RAUCH. Anders?

50. Szene

SPEER *(ist* RAUCH *gefolgt).* Ein widerlicher Bursche!
RAUCH. Ein Zyniker.
SPEER. Schmiert sich da an Karolinchen an, während wir dem Zepp folgen.
RAUCH. Es wird sich da bald ausgeschmiert haben.

51. Szene

Das Orchester intoniert nun piano den Radetzkymarsch und die Zuschauer betreten nun wieder den Zuschauerraum, weil der Zeppelin bereits unterwegs nach Friedrichshafen ist. Als ALLES *wieder sitzt, bricht das Orchester ab, und zwar mitten im Takt.*

52. Szene

KAROLINE. Wie willst Du das verstanden haben, dass Du nicht angeregt bist?
SCHÜRZINGER. Aber das war doch nur eine momentane Taktik.
KAROLINE. Ich höre Dich schon gehen. Du bist also ein berechnender Mensch. Auch in der Liebe?
SCHÜRZINGER. Nein das ist ein krasses Missverständnis, was Du da nämlich jetzt denkst.
KAROLINE. Ich denke ja garnichts, ich sage es ja nur.

53. Szene

DER AUSRUFER *(schlägt auf den Gong).* Meine Damen und Herren! Wir waren dort stehen geblieben, dass Juanita auf dem ganzen Leibe tierisch behaart und dass auch die

Anordnung ihrer inneren Organe wie bei einem Tiere ist. Trotzdem hat Juanita aber eine äusserst rege Phantasie. So spricht sie perfekt englisch und französisch und das hat sie sich mit zähem Fleisse selbst beigebracht. Und nun wird sich Juanita erlauben, den Herrschaften eine Probe ihrer prächtigen Naturstimme zu geben! Darf ich bitten – *(auf einem ausgeleierten Piano ertönt die Barcarole aus Hoffmanns Erzählungen).*

54. Szene

JUANITA *(singt – und während sie singt, legt* SCHÜRZINGER *seinen Arm um* KAROLINENS *Taille und auch ihre Waden respektive Schienbeine berühren sich).*
Schöne Nacht, Du Liebesnacht
Oh stille mein Verlangen!
Süsser als der Tag uns lacht
Die schöne Liebesnacht.
Flüchtig weicht die Zeit unwiederbringlich
unserer Liebe
Fern von diesem lauschigen Ort entweicht die
flüchtige Zeit
Zephire lind und sacht
Die uns kosend umfangen
Zephire haben sacht
Sanfte Küsse gebracht –
Ach.
Schöne Nacht, Du Liebesnacht
Oh stille mein Verlangen.
Süsser als der Tag uns lacht
Die schöne Liebesnacht –
Ach.

55. Szene

Schon während der letzten Strophen fiel der Vorhang. Nun hat JUANITA *ihr Lied beendet und der* LILIPUTANER *geht vor dem Vorhang von rechts nach links über die Bühne. Er hält eine Tafel in den Händen und auf dieser Tafel steht: »Pause«.*

56. Szene

Pause.

57. Szene

Und wieder wird es dunkel im Zuschauerraum und das Orchester spielt den Bayerischen Defiliermarsch von Scherzer. Hierauf hebt sich wieder der Vorhang.

58. Szene

Schauplatz:
Beim Wagnerbräu.
Mit der festlichen Blechmusikkapelle.
Der MERKL FRANZ *ist aufgeräumt und seine* ERNA *mehr bescheiden, während* KASIMIR *melancholisch daneben hockt.*

59. Szene

ALLES *(ausser* KASIMIR, *singt zur Blechmusik).*
Solang der alte Peter
Am Petersbergerl steht
Solang die grüne Isar
Durchs Münchnerstadterl fliesst

Solang am Platzl drunten
Noch steht das Hofbräuhaus
Solang stirbt die Gemütlichkeit
Zu München nimmer aus
Solang stirbt die Gemütlichkeit
Zu München nimmer aus!
Ein Prosit, ein Prosit der Gemütlichkeit!
Eins, zwei, drei – gsuffa!

60. Szene

DER MERKL FRANZ. Prost Kasimir! Sauf damit Du etwas wirst!

KASIMIR. Was soll ich denn schon werden? Vielleicht gar ein Kommerzienrat!

DER MERKL FRANZ. So gründ doch eine neue Partei! Und werd Finanzminister!

KASIMIR. Wer den Schaden hat, hat auch den Spott.

DER MERKL FRANZ. Wem nicht zu raten ist, dem ist nicht zu helfen.

(Stille.)

KASIMIR. Jetzt bin ich ein Kraftwagenführer und habe den Führerschein A drei und den Führerschein B drei.

DER MERKL FRANZ. Sei nur froh, dass Du Deine Braut nicht mehr hast, diese arrogante Person!

KASIMIR. Das Fräulein sind halt eine Büroangestellte.

DER MERKL FRANZ. Das ist noch kein Entschuldigungsgrund.

KASIMIR. Überhaupt sind alle Weiber minderwertige Subjekte – Anwesende natürlich ausgenommen. Sie verkaufen ihre Seele und verraten in diesem speziellen Falle mich wegen einer Achterbahn.

ERNA. Wenn ich ein Mann wär, dann tät ich keine Frau anrühren. Ich vertrag schon den Geruch nicht von einer Frau. Besonders im Winter.

61. Szene

ALLES *(ausser Kasimir, singt nun wieder zur Blechmusik).*
Ich schiess den Hirsch im wilden Forst
Im dunklen Wald das Reh
Den Adler auf der Klippe Horst
Die Ente auf dem See.
Kein Ort der Schutz gewähren kann
Wenn meine Büchse knallt –
Und dennoch hab ich harter Mann
Die Liebe schon gespürt.
(Plötzlich Stille.)

62. Szene

KASIMIR. Und dennoch hab ich harter Mann die Liebe schon gespürt – und die ist ein Himmelslicht und macht Deine Hütte zu einem Goldpalast – und sie höret nimmer auf, solang Du nämlich nicht arbeitslos wirst. Was sind denn das schon überhaupt für Ideale von wegen dem seelischen Ineinanderhineinfliessen zweier Menschen? Adam und Eva! Ich scheiss Dir was auf den Kontakt – da hab ich jetzt noch ein Kapital von rund vier Mark, aber heut sauf ich mich an und dann häng ich mich auf – und morgen werden die Leut sagen: es hat einmal einen armen Kasimir gegeben –

DER MERKL FRANZ. Einen Dreck werden die Leut sagen! Da sterben ja täglich Tausende – und sind schon vergessen, bevor dass sie sterben! Vielleicht, dass wenn Du ein politischer Toter wärst, nachher tätst noch mit einem Pomp begraben werden, aber schon morgen vergessen – vergessen!

KASIMIR. Ja man ist ziemlich allein.

DER MERKL FRANZ. Prost Arschloch!

63. Szene

ALLES *(ausser* KASIMIR, *singt nun abermals zur Blechmusik).*
Trink, trink, Brüderlein trink
Lasset die Sorgen zuhaus
Deinen Kummer und Deinen Schmerz
Dann ist das Leben ein Scherz
Deinen Kummer und Deinen Schmerz
Dann ist das Leben ein Scherz.
(Plötzlich Stille.)

64. Szene

KASIMIR *(erhebt sich).* So. Jetzt werd ich aber elementar. Eigentlich sollt ich jetzt zur Karoline nachhause gehen und ihr alle Kleider aus ihrem Kleiderschrank herausreissen und zerreissen, bis die Fetzen fliegen! Jetzt werd ich aber ganz ekelhaft! *(Wankend ab.)*

65. Szene

ERNA. Wo geht denn der da hin?

DER MERKL FRANZ. Wenn er nicht hineinfallt, kommt er wieder heraus.

ERNA. Ich hab nämlich direkt Angst –

DER MERKL FRANZ. Der tut sich doch nichts an.

ERNA. Aber ich glaub es nicht, dass der eine robuste Natur ist. Der ist mehr empfindsam.

DER MERKL FRANZ. Du hast ja eine scharfe Beobachtungsgabe.
(Stille.)

ERNA. Du Franz – lass ihn doch laufen bitte.

DER MERKL FRANZ. Wen?

ERNA. Den Kasimir.

DER MERKL FRANZ. Wieso laufen lassen?

ERNA. Der passt doch nicht zu uns, das hab ich jetzt direkt im Gefühl – beeinflusse ihn nicht bitte.

DER MERKL FRANZ. Und warum nicht?

ERNA. Weil das ist ja auch nichts, was wir da treiben.

DER MERKL FRANZ. Seit wann denn?

(Stille.)

ERNA. Geh so tu doch Deine Finger aus meinem Bier!

DER MERKL FRANZ. Du hast eine scharfe Beobachtungsgabe.

ERNA. So tu doch die Finger da raus –

DER MERKL FRANZ. Nein. Das kühlt mich so angenehm. Mein heisses Blut.

ERNA *(reisst plötzlich seine Hand aus ihrem Bierkrug).*

DER MERKL FRANZ *(grinst perplex).*

66. Szene

ALLES *(ausser* ERNA *und dem* MERKL FRANZ *singt nun wieder zur Blechmusik;* RAUCH, SPEER, KAROLINE *und* SCHÜRZINGER *gehen vorüber, mit dem Masskrug in der Hand, Papiermützen auf dem Kopf und Scherzartikel in der Hand – auch sie singen natürlich mit).*

Trink, trink, Brüderlein trink
Lasset die Sorgen zuhaus
Deinen Kummer und Deinen Schmerz
Dann ist das Leben ein Scherz!
Deinen Kummer und Deinen Schmerz
Dann ist das Leben ein Scherz!

(Plötzlich Stille.)

67. Szene

KASIMIR *(erscheint mit* ELLI *und* MARIA *– er hält* BEIDE *umarmt).* Darf ich bekannt machen! Wir drei Hübschen haben uns gerade soeben vor der Toilette kennen gelernt! Merkl, kannst Du mir das Phänomen erklären, warum dass die Damenwelt immer zu zweit verschwindet?

MARIA. Pfui!

DER MERKL FRANZ. Hier gibt es kein pfui, Fräulein!

KASIMIR. Wir sind alles nur Menschen! Besonders heute! *(Er setzt sich und lässt* ELLI *auf seinem Schoss Platz nehmen.)*

ELLI *(zum* MERKL FRANZ*).* Stimmt das jetzt, dass dieser Herr einen Kompressor besitzt?

DER MERKL FRANZ. Natürlich hat der einen Kompressor! Und was für einen!

MARIA *(zu* ELLI*).* Geh so lasse Dich doch nicht so anschwindeln! Der und ein Kompressor!

KASIMIR *(zu* MARIA*).* Wenn der Kasimir sagt, dass er einen Kompressor hat, dann hat er aber auch einen Kompressor – merk dir das, Du Missgeburt!

ELLI *(zu* MARIA*).* So sei doch auch schon still.

KASIMIR *(streichelt* ELLI*).* Du bist ein anständiges Wesen. Du gefällst mir jetzt. Du hast so schöne weiche Haare und einen glatten Teint.

ELLI. Ich möcht gern was zum Trinken.

KASIMIR. Da! Sauf!

ELLI. Da ist ja kein Tropfen mehr drinnen.

KASIMIR. Bier her!

KELLNERIN *(geht gerade vorbei und stellt ihm eine Mass hin).* Gleich zahlen bitte!

KASIMIR *(kramt in seinen Taschen).* Zahlen bitte, zahlen bitte – ja Herrgottsackelzement, hab ich denn jetzt da schon das ganze Geld weg –

KELLNERIN *(nimmt die Mass wieder mit).*

ELLI *(erhebt sich).*

MARIA. Und so etwas möchte einen Kompressor haben? Ich hab es Dir ja gleich gesagt, dass so etwas im besten Falle ein Fahrrad hat. Auf Abzahlung.

KASIMIR *(zu* ELLI*).* Komm, geh her –

ELLI *(winkt).* Grüss Dich Gott, Herr Kompressor – *(ab mit* MARIA*).*

68. Szene

KASIMIR. Zahlen bitte – oh Du mein armer Kasimir! Ohne Geld bist halt der letzte Hund!

DER MERKL FRANZ. Kasimir, der Philosoph.

KASIMIR. Wenn man nur wüsst, was dass man für eine Partei wählen soll –

DER MERKL FRANZ. Kasimir, der Politiker.

KASIMIR. Leck mich doch Du am Arsch, Herr Merkl!

(Stille.)

DER MERKL FRANZ. Schau mich an.

KASIMIR *(schaut ihn an).*

DER MERKL FRANZ. Es gibt überhaupt keine politische Partei, bei der ich noch nicht dabei war, höchstens Splitter. Aber überall markieren die anständigen Leut den blöden Hund! In einer derartigen Weltsituation muss man es eben derartig machen, wie zum Beispiel ein gewisser Merkl Franz.

KASIMIR. Wie?

DER MERKL FRANZ. Einfach.

(Stille.)

DER MERKL FRANZ. Zum Beispiel habe ich mich in letzter Zeit spezialisiert – auf einen gewissen Paragraphen.

KASIMIR. Also mit Paragraphen soll man sich nicht einlassen.

DER MERKL FRANZ. Du Rindvieh. *(Er hält dem* KASIMIR *Zehnmarkscheine unter die Nase.)*

(Stille.)

KASIMIR. Nein. So private Aktionen haben wenig Sinn.

ERNA. Dort drüben sitzt die Karoline.

KASIMIR *(erhebt sich).* Wo?

(Stille.)

DER MERKL FRANZ. Sie hat Dich erblickt.

KASIMIR. Aber sie geht nicht her.

(Stille.)

69. Szene

KASIMIR *(hält nun eine Rede an die ferne* KAROLINE*).* Fräulein Karoline. Du musst keineswegs hergehen, weil es halt jetzt ganz aus ist mit unseren Beziehungen, auch mit den menschlichen. Du kannst ja auch nichts dafür, dafür kann ja nur meine Arbeitslosigkeit etwas und das ist nur logisch, Du Schlampen Du elendiger! Aber wenn ich jetzt dem Merkl Franz folgen täte, dann wärest aber nur Du daran schuld – weil ich jetzt innerlich leer bin. Du hast in mir drinnen gewohnt und bist aber seit heute ausgezogen aus mir – und jetzt stehe ich da wie das Rohr im Winde und kann mich nirgends anhalten – *(er setzt sich).*

70. Szene

(Stille.)

DER MERKL FRANZ. Also?

KASIMIR. Leergebrannt ist die Stätte.

DER MERKL FRANZ. Kasimir. Zum letztenmal: wem nicht zu raten ist, dem ist nicht zu helfen.

KASIMIR. Das weiss ich jetzt noch nicht.

DER MERKL FRANZ *(streckt ihm seine Hand hin).* Das liegt in Deiner Hand –

KASIMIR *(stiert abwesend vor sich hin).* Ich weiss das jetzt noch nicht.

ERNA. So lasse ihn doch, wenn er nicht mag.

(Stille.)

DER MERKL FRANZ *(fixiert* ERNA *grimmig – plötzlich schüttet er ihr sein Bier in das Gesicht).*

ERNA *(schnellt empor).*

DER MERKL FRANZ *(drückt sie auf ihren Platz zurück).* Da bleibst! Sonst tritt ich Dir in das Gesicht!

71. Szene

ALLES *(ausser* KASIMIR, ERNA *und dem* MERKL FRANZ, *singt).*

Und blühn einmal die Rosen
Ist der Winter vorbei
Nur der Mensch hat alleinig
Einen einzigen Mai
Und die Vöglein die ziehen
Und fliegen wieder her
Nur der Mensch bald er fortgeht
Nachher kommt er nicht mehr.
(Dunkel.)

72. Szene

Nun spielt das Orchester die Petersburger Schlittenfahrt.

73. Szene

Neuer Schauplatz:
Im Hippodrom.

RAUCH, SPEER, KAROLINE *und* SCHÜRZINGER *betreten es.*

74. Szene

RAUCH *(zu* KAROLINE*).* Na wie wärs mit einem kühnen Ritt? Wir sind doch hier im Hippodrom!

KAROLINE. Fein! Aber nur keinen Damensattel – von wegen dem festeren Halt.

RAUCH. Schneidig!

SPEER. Das Fräulein denkt kavalleristisch.

KAROLINE. Wenn ich einmal reit, möcht ich aber gleich zweimal reiten –

RAUCH. Auch dreimal!

KAROLINE. Fein! *(Ab in die Manege.)*

75. Szene

SPEER *(ruft ihr nach).* Auch viermal!

RAUCH. Auch ixmal! *(Er setzt sich mit* SPEER *an ein Tischchen auf der Estrade und lässt Flaschenwein auffahren.)*

SCHÜRZINGER *(bleibt aber drunten stehen und stiert* KAROLINE *ständig nach; jetzt wird ein altes lahmes Pferd mit einem Damensattel, in dem ein zehnjähriges kurzsichtiges Mädchen sitzt, an der Estrade vorbei in die Manege geführt – gleich darauf ertönt Musik, die wo dann immer wieder mitten im Takt abbricht, wenn nämlich einige Runden vorbei sind und man neu bezahlen muss; auch Peitschengeknalle ist zu vernehmen;* SCHÜRZINGER *stellt sich auf einen Stuhl, um besser zusehen zu können; auch* RAUCH *und* SPEER *sehen natürlich zu).*

76. Szene

RAUCH. Wacker! Prima!

SPEER. Eine Amazone!

RAUCH. Ein Talent! Da wackelt der Balkon! Radfahrende Mädchen erinnern von hinten an schwimmende Enten.

SPEER *(wendet sich wieder dem Flaschenwein zu).* Mensch Rauch! Wie lange habe ich keinen Gaul mehr unter mir gehabt!

RAUCH. Tatsächlich?

SPEER. 1912 – da konnt ich mir noch – zwei Pferde halten. Aber heute? Ein armer Richter. Wo sind die Zeiten! Das waren zwei Araber. Stuten. Rosalinde und Yvonne.

RAUCH *(hat sich nun auch wieder dem Flaschenwein zugewandt).* Du hast doch auch spät geheiratet?

SPEER. Immer noch früh genug.

RAUCH. Das sowieso. *(Er erhebt sein Glas.)* Spezielles! *(Stille.)*

RAUCH. Ich hab mein Weib nach Arosa und überallhin – der Junge ist ja kerngesund.

SPEER. Wann macht er denn seinen Doktor?

RAUCH. Nächstes Semester. Wir werden alt. *(Stille.)*

SPEER. Ich bin schon zweimal Grosspapa. Es bleibt immer etwas von einem zurück. Ein Körnchen.

77. Szene

KAROLINE *(erscheint nun wieder und möchte an dem* SCHÜRZINGER *vorbei, der noch immer auf dem Stuhle steht).*

SCHÜRZINGER *(gedämpft).* Halt! In Deinem Interesse.

KAROLINE. Auweh.

SCHÜRZINGER. Wieso auweh?

KAROLINE. Weil wenn ein Mann so anfangt, dann hat er Hintergedanken.

SCHÜRZINGER *(steigt langsam vom Stuhl herab und tritt dicht an* KAROLINE *heran).* Ich habe keine Hintergedanken. Ich bin jetzt nämlich wieder etwas nüchterner geworden. Bitte trinke keinen Alkohol mehr.

KAROLINE. Nein. Heut trink ich was ich will.

SCHÜRZINGER. Du kannst es Dir nicht ausmalen in Deiner Phantasie, was die beiden Herrschaften dort über Dich reden.

KAROLINE. Was reden sie denn über mich?

SCHÜRZINGER. Sie möchten Dich betrunken machen.

KAROLINE. Oh ich vertrag viel.

(Stille.)

SCHÜRZINGER. Und dann sagt er es ganz offen heraus, der Herr Kommerzienrat.

KAROLINE. Was?

SCHÜRZINGER. Dass er Dich haben möchte. Erotisch. Noch heute Nacht.

(Stille.)

KAROLINE. So. Also haben möchte er mich –

SCHÜRZINGER. Er sagt es vor mir, als wäre ich ein Nichts. So etwas ist doch keine Gesellschaft für Dich. Das ist doch unter Deiner Würde. Komm, empfehlen wir uns jetzt auf französisch –

KAROLINE. Wohin?

(Stille.)

SCHÜRZINGER. Wir können auch noch einen Tee trinken. Vielleicht bei mir.

(Stille.)

KAROLINE. Du bist auch nur ein Egoist. Akkurat der Herr Kasimir.

SCHÜRZINGER. Jetzt sprichst Du spanisch.

KAROLINE. Jawohl, Herr Kasimir.

SCHÜRZINGER. Ich heisse Eugen.

KAROLINE. Und ich heisse Karoline.

(Stille.)

SCHÜRZINGER. Ich bin nämlich ein schüchterner Mensch. Und zuvor bei den Abnormitäten, da habe ich über eine gemeinsame Zukunft geträumt. Aber das war eben nur eine momentane Laune von einem gewissen Fräulein Karoline.

KAROLINE. Jawohl, Herr Eugen.

SCHÜRZINGER. Oft verschwendet man seine Gefühle –

KAROLINE. Menschen ohne Gefühl haben es viel leichter im Leben. *(Sie lässt ihn stehen und wendet sich der Estrade zu;* SCHÜRZINGER *setzt sich nun auf den Stuhl.)*

78. Szene

RAUCH. Ich gratuliere!

SPEER. Sie sind talentiert. Das sage ich Ihnen als alter Ulan.

KAROLINE. Ich dachte, der Herr wär ein Richter.

SPEER. Haben Sie schon mal einen Richter gesehen, der kein Offizier war? Ich nicht!

RAUCH. Es gibt schon einige –

SPEER. Juden!

KAROLINE. Also nur keine Politik bitte!

SPEER. Das ist doch keine Politik!

RAUCH. Ein politisch Lied ein garstig Lied – *(er prostet mit* KAROLINE*).* Auf unseren nächsten Ritt!

KAROLINE. Ich möchte ja sehr gerne noch reiten. Die dreimal waren so schnell herum.

RAUCH. Also noch einmal dreimal!

SPEER *(erhebt sein Glas).* Rosalinde und Yvonne! Wo seid Ihr jetzt? Ich grüsse Euch im Geiste! Was ist ein Kabriolett neben einem Gaul!

KAROLINE. Oh ein Kabriolett ist schon auch etwas Feudales!

SPEER *(wehmütig).* Aber man hat doch nichts Organisches unter sich –

RAUCH *(leise).* Darf ich Ihnen eröffnen, dass ich ein feudales Kabriolett besitze. Ich hoffe, Sie fahren mit.
(Stille.)

KAROLINE. Wohin?

RAUCH. Nach Altötting.

KAROLINE. Nach Altötting ja – *(ab wieder in die Manege – an dem* SCHÜRZINGER *vorbei, der nun einen seiner Mitesser in seinem Taschenspiegel aufmerksam betrachtet).*

79. Szene

RAUCH *(ist nun bereits ziemlich betrunken – selig dirigiert er vor sich hin, als wäre er der Kapellmeister der Hippodrommusik; die spielt gerade einen Walzer).*

SPEER *(ist noch betrunkener).* Altötting? Wo liegt denn Altötting?

RAUCH *(singt nach den Walzerklängen).* In meinem Kämmerlein – eins zwei drei – in meinem Bettelein – eins zwei drei – *(er summt).*

SPEER *(boshaft).* Und Dein Herr Angestellter dort?

(Die Musik bricht ab mitten im Takt.)

RAUCH *(schlägt mit der Hand auf den Tisch und fixiert* SPEER *gehässig).*

(Jetzt spielt die Musik wieder, und zwar ein Marschlied.)

RAUCH *(singt grimmig mit und fixiert den* SPEER *noch immer dabei).*

Ja wir sind Zigeuner
Wandern durch die Welt
Haben fesche Weiber
Die verdienens Geld
Dort auf jener Wiese
Hab ich sie gefragt
Ob sie mich mal liesse
»Ja« hat sie gelacht!

(Die Musik bricht wieder plötzlich ab.)

SPEER *(noch boshafter).* Und Ihr Herr Angestellter dort?

RAUCH *(brüllt ihn an).* Nur kein Neid! *(Er erhebt sich und torkelt zu dem* SCHÜRZINGER.*)*

80. Szene

RAUCH. Herr –

SCHÜRZINGER *(ist aufgestanden).* Schürzinger.

RAUCH. Stimmt. Auffallend! *(Er steckt ihm abermals eine Zigarre in den Mund.)* Noch eine Zigarre – ein gelungener Abend.

SCHÜRZINGER. Sehr gelungen, Herr Kommerzienrat.

RAUCH. Apropos gelungen: kennen Sie die historische Anekdote von Ludwig dem Fünfzehnten, König von Frankreich – hören Sie her: Ludwig der Fünfzehnte ging eines Abends mit seinem Leutnant und dessen Braut in das Hippodrom. Und da hat sich jener Leutnant sehr bald verabschiedet, weil er sich überaus geehrt gefühlt hat, dass sein Monarch sich für seine Braut so irgendwie interessiert – geehrt hat er sich gefühlt! Geehrt!
(Stille.)

SCHÜRZINGER. Ja diese Anekdote ist mir nicht unbekannt. Jener Leutnant wurde dann bald Oberleutnant –

RAUCH. So? Das ist mir neu.
(Stille.)

SCHÜRZINGER. Darf ich mich empfehlen, Herr Kommerzienrat – *(ab).*

81. Szene

SPEER *(nähert sich* RAUCH; *er ist nun total betrunken).* Herr Kommerzienrat. Sie sind wohl wahnsinnig geworden, dass Sie mich so anbrüllen – Sie wissen wohl nicht, wen Sie vor sich haben! Speer! Landgerichtsdirektor!

RAUCH. Freut mich!

SPEER. Sie mich auch!
(Stille.)

RAUCH. Lieber Werner, mir scheint, Du bist besoffen.

SPEER. Ist das Dein Ernst, Konrad?

RAUCH. Absolut.

(Stille.)

SPEER. Das Gericht zieht sich zur Beratung zurück. Das Gericht erklärt sich für nicht befangen. Keine Bewährungsfrist. Versagung mildernder Umstände. Keine Bewährungsfrist!

RAUCH *(boshaft)*. Gibts denn in Erfurt keine Mädchen?

SPEER. Kaum.

RAUCH *(grinst)*. Ja was machen denn dann die Erfurter?

SPEER *(fixiert ihn grimmig – plötzlich versetzt er ihm einen gewaltigen Stoss und tritt sogar nach ihm, erwischt ihn aber nicht)*.

(Stille.)

RAUCH. Soll eine vierzigjährige Freundschaft so zerbrechen?

SPEER. Im Namen des Königs – *(er hebt die Hand zum Schwur)*. Bei dem Augenlichte meiner Enkelkinder schwör ich es Dir, jetzt sind wir zwei getrennt – von Tisch und Bett! *(Er torkelt ab.)*

82. Szene

RAUCH *(sieht ihm nach)*. Traurig, aber wahr – auch ein Reptil. Ein eifersüchtiges Reptil. Aber der Konrad Rauch, der stammt aus einem alten markigen Bauerngeschlecht und solche Paragraphen sind für ihn Papier! Trotz seiner zweiundsechzig Jahr! Au – *(er windet sich plötzlich und setzt sich auf* SCHÜRZINGERS *Stuhl)*. Was war denn jetzt das? –– Hoffentlich werd ich heut Nacht nicht wieder schwindlig –– der Joseph hat ja einen Blutsturz gehabt – Achtung, Achtung, Konrad Rauch! Achtung!

83. Szene

KAROLINE *(erscheint und sieht sich um).*
(Stille.)
KAROLINE. Wo ist denn der Herr Schürzinger?
RAUCH. Er lässt sich bestens empfehlen.
(Stille.)
KAROLINE. Und der Herr Ulanenoffizier ist auch fort?
RAUCH. Wir sind allein.
(Stille.)
KAROLINE. Fahren wir wirklich nach Altötting?
RAUCH. Jetzt. *(Er versucht aufzustehen, muss sich aber gleich wieder setzen, und zwar schmerzverzerrt.)* Was verdienen Sie monatlich?
(Stille.)
KAROLINE. Fünfundfünfzig Mark.
RAUCH. Schön.
KAROLINE. Ich bin auch froh, dass ich das habe.
RAUCH. In der heutigen Zeit.
KAROLINE. Nur hat man so gar keinen Zukunftsblick. Höchstens, dass ich mich verdreifache. Aber dann bin ich schon grau.
RAUCH. Zukunft ist eine Beziehungsfrage – *(jetzt erhebt er sich)* – und Kommerzienrat Konrad Rauch ist eine Beziehung. Auf nach Altötting!
(Musiktusch. Dunkel.)

84. Szene

Nun spielt das Orchester das Mailüfterl.

85. Szene

Neuer Schauplatz:
Auf dem Parkplatz für die Privatautos hinter der Oktoberfestwiese. Im Vordergrund eine Bank. DER MERKL FRANZ *taucht auf mit seiner* ERNA *und* KASIMIR.

86. Szene

DER MERKL FRANZ. Alsdann hier hätten wir es. Es treibt sich da nämlich nur der bewusste eine Parkwächter herum – und der steht meistens dort drüben, weil man von dort die schönere Aussicht auf die Festwiese hat. Erna! Jetzt werd aber endlich munter!

ERNA. Ich bin noch nass von dem Bier.

DER MERKL FRANZ. Das war doch nur halb so tragisch gemeint.

ERNA. Tut es Dir leid?
(Stille.)

DER MERKL FRANZ. Nein.
(In der Ferne ertönt ein Pfiff.)

DIE DREI LEUT *(lauschen).*

DER MERKL FRANZ. Kriminaler?

ERNA. Gib nur acht, Franz!

DER MERKL FRANZ. A priori habt Ihr das hier zu tun – wenn sich was Unrechts rühren sollte. Heut parken ja da allerhand hochkapitalistische Limousinen. Lauter Steuerhinterzieher – *(er verschwindet zwischen den Limousinen).*

87. Szene

KASIMIR *(wie zu sich).* Auf Wiedersehen!

88. Szene

ERNA. Der Merkl hat doch eine komische Natur. Zuerst bringt er einen um und dann tut es ihm leid.

KASIMIR. Er ist halt kein durchschnittlicher Mensch.

ERNA. Weil er sehr intelligent ist. Der drückt so ein Autotürerl auf und ein Fensterscheiberl ein – da hörst aber keinen Laut.

KASIMIR. Es bleibt einem ja nichts anderes übrig.

ERNA. Das schon vielleicht.

(Stille.)

KASIMIR. Vorgestern, da hätt ich dem noch das Kreuz abgeschlagen und die Gurgel hergedruckt, der es sich herausgenommen hätte, sich etwas aus meinem Kabriolett herauszuholen – und heute ist das umgekehrt. So ändert man sich mit dem Leben.

ERNA. Heute seh ich so schlecht. Ich bin noch geblendet durch das Licht.

KASIMIR. Ich weniger.

(Stille.)

ERNA. Oft male ich mir eine Revolution aus – dann seh ich die Armen durch das Siegestor ziehen und die Reichen im Zeiserlwagen, weil sie alle miteinander gleich soviel lügen über die armen Leut – Sehens, bei so einer Revolution, da tät ich gerne mit der Fahne in der Hand sterben.

KASIMIR. Ich nicht.

ERNA. Meinen Bruder, den haben sie in einer Kiesgrube erschossen – wissens seinerzeit nachdem damals der Krieg aus war – 1919.

KASIMIR. Das ist auch nichts.

ERNA. Aber mein Bruder hat sich doch aufgeopfert.

KASIMIR. Das wird ihm halt mehr Vergnügen gemacht haben, dass er sich aufgeopfert hat.

ERNA. Geh redens doch nicht so saudumm daher! Da hat ja noch selbst der Merkl Franz eine Achtung vor meinem toten Bruder!

(Stille.)

KASIMIR. Dann bin ich halt schlechter als wie der Merkl Franz.

ERNA. Weil Sie halt auch sehr verbittert sind.

KASIMIR. Ich glaub es aber nicht, dass ich gut bin.

ERNA. Aber die Menschen wären doch garnicht schlecht, wenn es ihnen nicht schlecht gehen tät. Es ist das eine himmelschreiende Lüge, dass der Mensch schlecht ist.

89. Szene

DER MERKL FRANZ *(kommt mit einer Aktentasche zwischen den Limousinen hervor und nähert sich drohend* ERNA*).* Was soll da jetzt eine himmelschreiende Lüge sein?

ERNA. Dass der Mensch schlecht ist.

DER MERKL FRANZ. Achso.

(Stille.)

ERNA. Es gibt überhaupt keine direkt schlechten Menschen.

DER MERKL FRANZ. Dass ich nicht lache.

KASIMIR. Der Mensch ist halt ein Produkt seiner Umgebung.

DER MERKL FRANZ. Da. Eine Aktentasche – *(er holt aus ihr ein Buch heraus und entziffert den Titel).* »Der erotische Komplex« – und ein Couvert: Herrn Kommerzienrat Konrad Rauch – – ich meine, dass wir diese Bibliothek dem Herrn Kommerzienrat wieder zurückschenken könnten – *(zu* ERNA*).* Oder hast Du vielleicht Interesse an diesem erotischen Komplex?

ERNA. Nein.

DER MERKL FRANZ. Drum.

KASIMIR. Ich auch nein.

DER MERKL FRANZ. Brav. Sehr brav – aber Ihr müsst doch da so hin und her zum Scheine – das fällt doch auf, wenn Ihr da so festgewurzelt herumsteht – *(er verschwindet wieder zwischen den Limousinen).*

90. Szene

ERNA. Also kommens hin und her –

KASIMIR. Verzeihen Sie mir bitte.

ERNA. Was denn?

KASIMIR. Nämlich das habe ich mir jetzt überlegt. Ja das war pfeilgerade pietätlos von mir – diese Anspielung zuvor mit Ihrem toten Bruder.

(Stille.)

ERNA. Das hab ich gewusst von Ihnen, Herr Kasimir. *(Ab mit ihm.)*

91. Szene

Nun spielt das Orchester den Militärmarsch 1822 von Schubert und es ist eine Zeit lang kein Mensch zu sehen; dann kommt SPEER *mit* ELLI *und* MARIA*; er ist wieder etwas nüchterner geworden, aber noch immer betrunken; das Orchester bricht mitten im Takt ab.*

92. Szene

MARIA. Nein das sind hier nur Privatautos, die Mietautos stehen dort vorne ganz bei der Sanitätsstation.

ELLI *(bleibt plötzlich zurück).*

SPEER. Na was hat sie denn, das blonde Gift –

MARIA. Ich weiss nicht, was die hat. Das hat sie nämlich oft, dass sie plötzlich so streikt – *(sie ruft).* Elli!

ELLI *(gibt keine Antwort).*

MARIA. Elli! So komme doch her!

ELLI *(rührt sich nicht).*
SPEER. Im Namen des Volkes!
MARIA. Ich werd sie schon holen – *(sie nähert sich* ELLI*).*

93. Szene

MARIA *(zu* ELLI*).* So sei doch nicht so damisch!
ELLI. Nein. Ich tue da nicht mit.
SPEER *(lauscht, hört aber nichts).*
MARIA. Das habe ich gern – zuerst bist frech und herausfordernd zu den Herren der Schöpfung, aber dann ziehst Du den Schwanz ein! So sei doch nicht so feig. Wir kriegen ja zehn Mark. Du fünf und ich fünf. Denk doch auch ein bisschen an Deine Zahlungsbefehle. *(Stille.)*
ELLI. Aber der alte Sauhund ist doch ganz pervers.
MARIA. Geh, das ist doch nur Munderotik!
SPEER *(senil).* Elli! Elli! Ellile – Ellile –
MARIA. Komm, sei friedlich – *(sie führt* ELLI *zu* SPEER *und ab).*

94. Szene

Nun ist wieder eine Zeit lang kein Mensch zu sehen und das Orchester fährt fort mit dem Militärmarsch 1822 von Schubert; dann kommt RAUCH *mit* KAROLINE*; sie halten vor seinem feudalen Kabriolett und er sucht den Schlüssel; und das Orchester bricht wieder mitten im Takt ab.*

95. Szene

KAROLINE. Das ist doch da ein Austro-Daimler?

RAUCH. Erraten! Bravo!

KAROLINE. Mein ehemaliger Bräutigam hat auch einen Austro-Daimler gefahren. Er war nämlich ein Chauffeur. Ein komischer Mensch. Zum Beispiel vor drei Monaten da wollten wir zwei eine Spritztour machen hinaus in das Grüne – und da hat er einen Riesenkrach mit einem Kutscher bekommen, weil der seinen Gaul geprügelt hat. Denkens, wegen einem Gaul! Und dabei ist er selbst doch ein Chauffeur. Man muss das schon zu würdigen wissen.

RAUCH *(hat endlich seinen Schlüssel gefunden und öffnet nun die Wagentüre)*. Darf man bitten, Gnädigste –

96. Szene

KASIMIR *(kommt mit* ERNA *wieder vorbei; er erblickt* KAROLINE *– sie erkennen und fixieren sich)*.

97. Szene

KAROLINE *(lässt* RAUCH *stehen und hält dicht vor* KASIMIR*)*. Lebe wohl, Kasimir.

KASIMIR. Lebe wohl.

KAROLINE. Ja. Und viel Glück.

KASIMIR. Prost.

(Stille.)

KAROLINE. Ich fahre jetzt nach Altötting.

KASIMIR. Mahlzeit.

(Stille.)

KASIMIR. Das ist ein schönes Kabriolett dort. Akkurat so ein ähnliches bin ich auch einmal gefahren. Noch vorgestern.

RAUCH. Darf man bitten, Gnädigste!

KAROLINE *(lässt* KASIMIR *langsam stehen und steigt mit* RAUCH *ein – und bald ist kein Kabriolett mehr zu sehen).*

98. Szene

KASIMIR *(sieht dem verschwundenen Kabriolett nach; er imitiert* RAUCH*).* Darf man bitten, Gnädigste –
(Dunkel.)

99. Szene

Und wieder setzt das Orchester mit dem Militärmarsch 1822 von Schubert ein und spielt ihn zu Ende.

100. Szene

Neuer Schauplatz:
Vor der Sanitätsstation auf der Oktoberfestwiese.
Ein SANITÄTER *bemüht sich um* RAUCH, *der auf einer Bank vor der Sanitätsbaracke sitzt und umständlich zwei Pillen mit Wasser schluckt.* KAROLINE *ist auch dabei.*
Und die Luft ist noch immer voll Wiesenmusik.

101. Szene

KAROLINE *(beobachtet* RAUCH*).* Geht es Ihnen schon besser?

RAUCH *(gibt keine Antwort, sondern legt sich rücklings auf die Bank).*

DER SANITÄTER. Es geht ihm noch nicht besser, Fräulein.
(Stille.)

KAROLINE. Eigentlich haben wir ja nur nach Altötting fahren wollen, aber dann ist es ihm plötzlich schlecht geworden, dem Herrn Kommerzienrat – der Speichel ist ihm aus dem Munde heraus und wenn ich nicht im letzten Moment gebremst hätte, dann wären wir jetzt vielleicht schon hinüber.

DER SANITÄTER. Alsdann verdankt er Ihnen sein Leben.

KAROLINE. Wahrscheinlich.

DER SANITÄTER. Logischerweise. Indem dass Sie gebremst haben.

KAROLINE. Ja ich kenne mich aus mit der Fahrerei, weil mein ehemaliger Bräutigam ein Chauffeur gewesen ist.

102. Szene

Nun intoniert das Orchester piano den Walzer »Bist Dus lachendes Glück?« und aus der Sanitätsbaracke treten Oktoberfestbesucher mit verbundenen Köpfen und Gliedmassen, benommen und humpelnd – auch der LILIPUTANER *und der* AUSRUFER *befinden sich unter ihnen.* ALLE *verziehen sich nachhause und dann bricht das Orchester den Walzer wieder ab, und zwar mitten im Takt.*

103. Szene

KAROLINE *(leise).* Herr Sanitäter. Was ist denn passiert? Eine Katastrophe?

DER SANITÄTER. Warum?

KAROLINE. Ist denn die Achterbahn eingestürzt?

DER SANITÄTER. Weit gefehlt! Nur eine allgemeine Rauferei hat stattgefunden.

KAROLINE. Wegen was?

DER SANITÄTER. Wegen nichts.

(Stille.)

KAROLINE. Wegen nichts. Die Menschen sind halt wilde Tiere.

DER SANITÄTER. Sie werden sie nicht ändern.

KAROLINE. Trotzdem.

(Stille.)

DER SANITÄTER. Angeblich hat da so ein alter Casanova mit zwei Fräuleins in ein Mietauto einsteigen wollen und dabei ist er von einigen Halbwüchsigen belästigt worden. Angeblich soll der eine Halbwüchsige seinen Schuh ausgezogen haben und selben dem alten Casanova unter die Nase gehalten haben, damit dass der daran riechen soll – aber der hat halt nicht riechen wollen und da soll ihm ein anderer Halbwüchsiger einen Schlag in das Antlitz versetzt haben. Das Resultat war halt, dass in null Komma null hundert Personen gerauft haben, keiner hat mehr gewusst, was los ist, aber ein jeder hat nur um sich geschlagen. Die Leut sind halt alle nervös und vertragen nichts mehr.

104. Szene

DER ARZT *(erscheint in der Türe der Sanitätsbaracke).* Sind die Tragbahren noch nicht da?

DER SANITÄTER. Noch nicht, Herr Doktor.

DER ARZT. Also wir haben sechs Gehirnerschütterungen, einen Kieferbruch, vier Armbrüche, davon einer kompliziert, und das andere sind Fleischwunden. Ein schöner Saustall sowas! Deutsche gegen Deutsche! *(Ab.)*

105. Szene

KAROLINE. Kieferbruch – oh das muss weh tun.

DER SANITÄTER. Heutzutag ist das halb so schlimm in Anbetracht unserer Errungenschaften.

KAROLINE. Aber gezeichnet bist Du für Dein ganzes Leben, als hätte man Dir ein Ohr abgeschnitten. Besonders als Frau.

DER SANITÄTER. Das ist aber keine Frau, dem sie da den Kiefer zerschlagen haben, sondern das ist akkurat besagter alter Casanova.

KAROLINE. Dann ist es schon gut.

DER SANITÄTER. Es ist das sogar ein hoher Justizmann. Aus Norddeutschland. Ein gewisser Speer.

RAUCH *(hatte gehorcht und brüllt nun).* Was?! *(Er erhebt sich.)* Speer? Casanova? Justiz?! *(Er fasst sich an das Herz.)*

(Stille.)

KAROLINE. Regens Ihnen nur nicht auf, Herr Kommerzienrat –

RAUCH *(fährt sie an).* Was stehens denn da noch herum, Fräulein? Leben Sie wohl! Habe die Ehre! Adieu!

(Stille.)

RAUCH. Kieferbruch. Armer alter Kamerad – diese Sauweiber. Nicht mit der Feuerzange. Dreckiges Pack. Ausrotten. Ausrotten – alle!

KAROLINE. Das habe ich mir nicht verdient um Sie, Herr Kommerzienrat –

RAUCH. Verdient? Das auch noch?

(Stille.)

KAROLINE. Ich habe Ihnen das Leben gerettet.

RAUCH. Das Leben?

(Stille.)

RAUCH *(grinst).* Tät Ihnen so passen –

(Stille.)

RAUCH. Adieu! *(Zum* SANITÄTER.*)* Wo liegt er denn, der Herr Landgerichtsdirektor? Noch da drinnen?

DER SANITÄTER. Zu Befehl, Herr Kommerzienrat!

106. Szene

RAUCH *nähert sich langsam der Sanitätsbaracke – da erscheinen* ELLI *und* MARIA *in der Türe, und zwar* MARIA *mit dem Arm in der Schlinge und* ELLI *mit dick verbundenem Auge.* MARIA *erkennt* RAUCH *und fixiert ihn – auch* RAUCH *erkennt sie und hält momentan.*

107. Szene

MARIA *(grinst).* Ah der Herr Nachttopf – schau Elli, schau –

ELLI *(hebt den Kopf und versucht zu schauen).* Au mein Auge!
(Stille.)

RAUCH *(richtet seine Kravatte und geht an* ELLI *und* MARIA *vorbei in die Sanitätsbaracke).*

KAROLINE *(kreischt plötzlich).* Auf Wiedersehen, Herr Nachttopf!
(Dunkel.)

108. Szene

Nun spielt das Orchester den Walzer »Bist Dus lachendes Glück?«

109. Szene

Neuer Schauplatz:
Wieder auf dem Parkplatz, aber an einer anderen Stelle, dort wo die Fahnen der Ausstellung schon sichtbar werden. KASIMIR *und* ERNA *gehen noch immer auf und ab – plötzlich hält* KASIMIR. *Und* ERNA *auch.*

110. Szene

KASIMIR. Wo steckt denn der Merkl?

ERNA. Der wird schon irgendwo stecken.

(Stille.)

KASIMIR. Und wo das Fräulein Karoline jetzt steckt, das ist mir wurscht.

ERNA. Nein, das wäre keine Frau für Sie. Ich habe mir dafür einen Blick erworben.

KASIMIR. So ein Weib ist ein Auto, bei dem nichts richtig funktioniert – immer gehört es repariert. Das Benzin ist das Blut und der Magnet das Herz – und wenn der Funke zu schwach ist, entsteht eine Fehlzündung – und wenn zuviel Öl drin ist, dann raucht er und stinkt er –

ERNA. Was Sie für eine Phantasie haben. Das haben nämlich nur wenige Männer. Zum Beispiel der Merkl hat keine. Überhaupt haben Sie schon sehr recht, wenn Sie das sagen, dass der Merkl mich ungerecht behandelt – nein! Das lass ich mir auch nicht weiter bieten – *(sie schreit plötzlich unterdrückt auf).* Jesus Maria Josef! Merkl! Franz! Jesus Maria – *(sie hält sich selbst den Mund zu und wimmert).*

KASIMIR. Was ist denn los?

ERNA. Dort – sie haben ihn. Franz! Sehens die beiden Kriminaler – verzeih mir das, Franz! – Nein, ich schimpfe nicht, ich schimpfe nicht –

(Stille.)

KASIMIR. An allem ist nur dieses Luder schuld. Diese Schnallen. Dieses Fräulein Karoline!

ERNA. Er wehrt sich garnicht – geht einfach mit – – *(sie setzt sich auf die Bank).* Den seh ich nimmer.

KASIMIR. Geh den werdens doch nicht gleich hinrichten!

ERNA. Das kommt auf dasselbe hinaus. Weil er doch schon oft vorbestraft ist – da hauns ihm jetzt fünf Jahr Zuchthaus hinauf wie nichts – und dann kommt er nicht mehr heraus, weil er sich ja während seiner Vorstrafen schon

längst eine Tuberkulose geholt hat – – der kommt nicht mehr heraus.
(Stille.)
KASIMIR. Sind Sie auch vorbestraft?
ERNA. Ja.
KASIMIR *(setzt sich neben* ERNA*).*
(Stille.)
ERNA. Was glauben Sie, wie alt dass ich bin?
KASIMIR. Fünfundzwanzig.
ERNA. Zwanzig.
KASIMIR. Wir sind halt heutzutag alle älter als wie wir sind.
(Stille.)
KASIMIR. Dort kommt jetzt der Merkl.
ERNA *(zuckt zusammen).* Wo?
(Stille.)

111. Szene

DER MERKL FRANZ *geht nun mit einem* KRIMINALER *vorbei, an dessen Handgelenk er gefesselt ist – er wirft noch einen letzten Blick auf* ERNA.

112. Szene

(Stille.)
ERNA. Der arme Franz. Der arme Mensch –
KASIMIR. So ist das Leben.
ERNA. Kaum fängt man an, schon ist es vorbei.
(Stille.)
KASIMIR. Ich habe es immer gesagt, dass so kriminelle Aktionen keinen Sinn haben – mir scheint, ich werde mir den armen Merkl Franz als ein warnendes Beispiel vor Augen halten.
ERNA. Lieber stempeln.

KASIMIR. Lieber hungern.

ERNA. Ja.

(Stille.)

ERNA. Ich hab es ja dem armen Franz gesagt, dass er Sie in Ruhe lassen soll, weil ich das gleich im Gefühl gehabt habe, dass Sie anders sind – darum hat er mir ja auch das Bier in das Gesicht geschüttet.

KASIMIR. Darum?

ERNA. Ja. Wegen Ihnen.

KASIMIR. Das ist mir neu. Dass Sie da wegen mir – verdiene ich denn das überhaupt?

ERNA. Das weiss ich nicht.

(Stille.)

KASIMIR. Ist das jetzt der grosse Bär dort droben?

ERNA. Ja. Und das dort ist der Orion.

KASIMIR. Mit dem Schwert.

ERNA *(lächelt leise).* Wie Sie sich das gemerkt haben –

(Stille.)

KASIMIR *(starrt noch immer in den Himmel).* Die Welt ist halt unvollkommen.

ERNA. Man könnt sie schon etwas vollkommener machen.

KASIMIR. Sind Sie denn auch gesund? Ich meine jetzt, ob Sie nicht auch etwa die Tuberkulose haben von diesem armen Menschen?

ERNA. Nein. Soweit bin ich ganz gesund.

(Stille.)

KASIMIR. Ich glaub, wir sind zwei verwandte Naturen.

ERNA. Mir ist es auch, als täten wir uns schon lange kennen.

(Stille.)

KASIMIR. Wie hat er denn geheissen, Ihr toter Bruder?

ERNA. Ludwig. Ludwig Reitmeier.

(Stille.)

KASIMIR. Ich war mal Chauffeur, bei einem gewissen Reitmeier. Der hat ein Wollwarengeschäft gehabt. En gros.

(Er legt seinen Arm um ihre Schultern.)

ERNA *(legt ihren Kopf an seine Brust).* Dort kommt jetzt die Karoline.

113. Szene

KAROLINE *(kommt und sieht sich suchend um – erblickt* KASIMIR *und* ERNA*, nähert sich langsam und hält dicht vor der Bank).* Guten Abend, Kasimir.
(Stille.)

KAROLINE. So schau doch nicht so ironisch.

KASIMIR. Das kann jede sagen.
(Stille.)

KAROLINE. Du hast schon recht.

KASIMIR. Wieso hernach?

KAROLINE. Eigentlich hab ich ja nur ein Eis essen wollen – aber dann ist der Zeppelin vorbeigeflogen und ich bin mit der Achterbahn gefahren. Und dann hast Du gesagt, dass ich Dich automatisch verlasse, weil Du arbeitslos bist. Automatisch, hast Du gesagt.

KASIMIR. Jawohl, Fräulein.
(Stille.)

KAROLINE. Ich habe es mir halt eingebildet, dass ich mir einen rosigeren Blick in die Zukunft erringen könnte – und einige Momente habe ich mit allerhand Gedanken gespielt. Aber ich müsst so tief unter mich hinunter, damit ich höher hinauf kann. Zum Beispiel habe ich dem Herrn Kommerzienrat das Leben gerettet, aber er hat nichts davon wissen wollen.

KASIMIR. Jawohl, Fräulein.
(Stille.)

KAROLINE. Du hast gesagt, dass der Herr Kommerzienrat mich nur zu seinem Vergnügen benützen möchte und dass ich zu Dir gehöre – und da hast Du schon sehr recht gehabt.

KASIMIR. Das ist mir jetzt wurscht! Jetzt bin ich darüber

hinaus, Fräulein! Was tot ist, ist tot und es gibt keine Gespenster, besonders zwischen den Geschlechtern nicht!
(Stille.)

KAROLINE *(gibt ihm plötzlich einen Kuss).*

KASIMIR. Zurück! Brrr! Pfui Teufel! *(Er spuckt aus.)* Brrr!

ERNA. Ich versteh das garnicht, wie man als Frau so wenig Feingefühl haben kann!

KAROLINE *(zu* KASIMIR*).* Ist das die neue Karoline?

KASIMIR. Das geht Dich einen Dreck was an, Fräulein!

KAROLINE. Und den Merkl Franz betrügen, ist das vielleicht ein Feingefühl?!

ERNA. Der Merkl Franz ist tot, Fräulein.
(Stille.)

KAROLINE. Tot? *(Sie lacht – verstummt aber plötzlich; gehässig zu* ERNA.*)* Und das soll ich Dir glauben, Du Zuchthäuslerin?

KASIMIR. Geh halts Maul und fahr ab.

ERNA *(zu* KASIMIR*).* So lasse sie doch. Sie weiss ja nicht, was sie tut.
(Stille.)

114. Szene

KAROLINE *(vor sich hin).* Man hat halt oft so eine Sehnsucht in sich – aber dann kehrt man zurück mit gebrochenen Flügeln und das Leben geht weiter, als wär man nie dabei gewesen –

115. Szene

SCHÜRZINGER *(erscheint, und zwar aufgeräumt – mit einem Luftballon an einer Schnur aus seinem Knopfloch; er erblickt* KAROLINE*).* Ja wen sehen denn meine entzündeten Augen? Das ist aber schon direkt Schicksal, dass wir uns wiedertreffen. Karoline! Übermorgen wird der Leutnant Eugen Schürzinger ein Oberleutnant Eugen Schürzinger sein – und zwar in der Armee Seiner Majestät Ludwigs des Fünfzehnten – und das verdanke ich Dir.

KAROLINE. Aber das muss ein Irrtum sein.

SCHÜRZINGER. Lächerlich!

(Stille.)

KAROLINE. Eugen. Ich habe Dich vor den Kopf gestossen und das soll man nicht, weil man alles zurückgezahlt bekommt –

SCHÜRZINGER. Du brauchst einen Menschen, Karoline –

KAROLINE. Es ist immer der gleiche Dreck.

SCHÜRZINGER. Pst! Es geht immer besser und besser.

KAROLINE. Wer sagt das?

SCHÜRZINGER. Coué.

(Stille.)

SCHÜRZINGER. Also los. Es geht besser –

KAROLINE *(sagt es ihm tonlos nach).* Es geht besser –

SCHÜRZINGER. Es geht immer besser, immer besser –

KAROLINE. Es geht immer besser, besser – immer besser –

SCHÜRZINGER *(umarmt sie und gibt ihr einen langen Kuss).*

KAROLINE *(wehrt sich nicht).*

SCHÜRZINGER. Du brauchst wirklich einen Menschen.

KAROLINE *(lächelt).* Es geht immer besser –

SCHÜRZINGER. Komm – *(ab mit ihr).*

116. Szene

KASIMIR. Träume sind Schäume.

ERNA. Solange wir uns nicht aufhängen, werden wir nicht verhungern.

(Stille.)

KASIMIR. Du Erna –
ERNA. Was?
KASIMIR. Nichts.
(Stille.)

117. Szene

ERNA *(singt leise – und auch* KASIMIR *singt allmählich mit).*
Und blühen einmal die Rosen
Wird das Herz nicht mehr trüb
Denn die Rosenzeit ist ja
Die Zeit für die Lieb
Jedes Jahr kommt der Frühling
Ist der Winter vorbei
Nur der Mensch hat alleinig
Einen einzigen Mai.

Ende

Material zur Textgenese

Vorarbeit:
Glaube Liebe Hoffnung
Szenerie

Strukturpläne in 7 Bildern mit Notizen zum 6. Bild
IN 221.001/7 – BS 45 a [7], Bl. 1

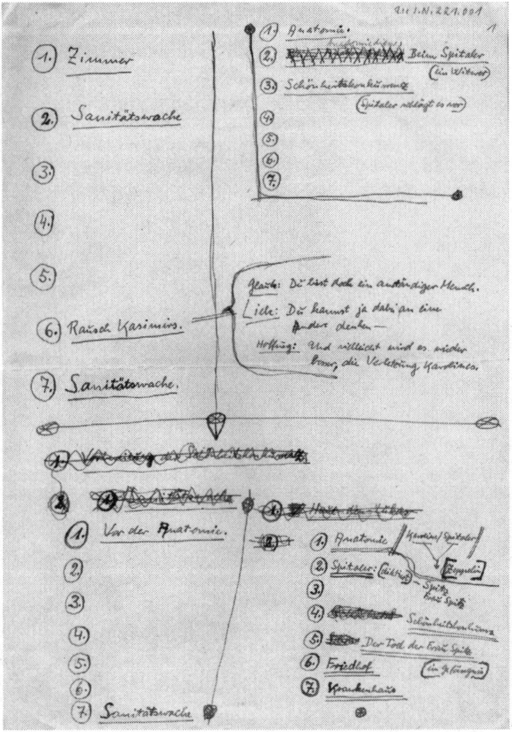

1. Zimmer — 1. Anatomie.

2. ~~Beim Anatomiediener~~ Beim Spitaler (ein Witwer) [Anatomiediener written above]

3. Schönheitskonkurrenz (Spitaler schlägt es vor)

2. Sanitätswache — 4.

5.

6.

3. — 7.

4.

5. — Glaube: Du bist doch ein anständiger Mensch.

Liebe: Du kannst ja dabei an eine Andere denken –

6. Rausch Kasimirs. — Hoffnung: Und vielleicht wird es wieder besser, die Verletzung Karolines.

7. Sanitätswache.

~~1. Vorbereitung der Schönheitskonkurrenz.~~

~~2. 1. Sanitätswache~~

~~1. V Haut-den-Lukas~~

1. Vor der Anatomie. — ~~2.~~ 1. Anatomie Karoline / Spitaler [Zeppelin]

2. — 2. Spitaler: [diktiert] – Spitz Frau Spitz

3. — 3.

4. — 4. ~~Schönheitsk~~ Schönheitskonkurrenz

5. — 5. ~~Schön~~ Der Tod der Frau Spitz [im Gefängnis]

6. — 6. Friedhof

7. Sanitätswache — 7. Krankenhaus

⊛

Fassung des 1. Bildes »Vor der Anatomie« mit Notizen zu weiteren Bildern

(Korrekturschicht)

[IN 221.001/6 – BS 45 a [6], Bl. 1–3]
[IN 221.001/7 – BS 45 a [7], Bl. 4]

[Bl. 1]

Erstes Bild
Vor der Anatomie.

KAROLINE
DIENER Sie wünschen?
KAROLINE Das ist doch hier das anatomische Institut?
DIENER Jawohl, Fräulein.
KAROLINE Ich meine, das ist doch hier, wo die Menschen zerstückelt werden?
DIENER *(lächelt)* Die Leichen, Fräulein! Die Leichen!
KAROLINE *(lächelt)* Natürlich die Leichen.
DIENER Na und?
KAROLINE Ich möchte gerne eine Auskunft haben – ich habe nämlich gehört, dass man sich der Anatomie verkaufen kann, dass nämlich wenn man stirbt, dass man zerschnitten werden kann – ich möcht mich gern verkaufen.
DIENER Also das schlagens Ihnen nur aus dem Kopf! Das gibt es hier nicht! Das ist ein sehr weit verbreiteter Irrtum! Wir haben Leichen genug in Hülle und Fülle!
KAROLINE Und ich hab gemeint dass wenigstens für die Leichen noch was bezahlt wird –
DIENER Sie sind arbeitslos?
KAROLINE Natürlich! Und ausgesteuert!
DIENER Das ist eine schlimme Zeit!
KAROLINE Ja.
(Stille)
DIENER *(betrachtet sie)* Hörens mal, Fräulein, ich hätt einen Vorschlag: was machens denn heut abend?

KAROLINE Ich weiss garnicht wo ich schlafen soll. Meine Wirtin hat alles weggesperrt. [Bl. 2]

DIENER Ich hätt einen Vorschlag. Kommens zu mir. Ich hätt vielleicht eine Stelle für Sie.

KAROLINE Das kenn ich schon. Nein, mit mir können Sie das nicht machen.

SPITALER *(in Trauer kommt mit dem Arzt aus der Anatomie)*

DOKTOR Also die genaue Todesursache lässt sich nicht genau feststellen. Es ist möglich, dass die Lenkstange, wie sie den Brustkorb eingedrückt hat, den Tod herbeigeführt hat – es ist aber auch ebenso möglich, dass sich etwas anderes verletzt hat.

SPITALER Arme Frau! Ich hätt es ihr nicht erlauben sollen, dass sie chauffiert! Eine Frau gehört nicht an das Volan – – Ich mache mir fürchterliche Vorwürfe!

DOKTOR Sie können doch nichts dafür. Die Strasse war doch vereist.

SPITALER Man macht sich immer Vorwürfe. Es ist schlimm. Und jetzt das Begräbnis – und dann kommen die Verwandten – brr! Sehen Sie, lieber Herr Doktor, so rasch ist das Leben zu Ende – – und heut abend muss ich wieder mit lachendem Gesicht dastehen. Lachend! Wir haben doch heut abend unsere Schönheitskonkurrenz, und derweil liegt mein Weib da hinten im Keller –

DOKTOR Kopf hoch, lieber Spitaler! Kopf hoch! *(ab)*

SPITALER *(geht auf die Strasse und zündet sich eine Zigarette an – erblickt Karoline und fixiert sie)*

(Surren in der Luft; Zeppelin)

DOKTOR und DIENER *(stürzen heraus)*

SPITALER Haben Sie auch den Zeppelin gesehen?

KAROLINE Ich habe doch keine zugewachsenen Augen. *(Stille)*

SPITALER Haben Sie auch einen teueren Toten da drinnen?

KAROLINE Nein. Ich wollt mich anbieten – meine Leiche.

SPITALER Ihre Leiche. [Bl. 3]

KAROLINE Ja, weil ich halt kein Geld habe.
SPITALER Komisch! Auf was für Ideen die Leut kommen! Das können Sie aber doch eher lebend verdienen. Sie sehen doch gut aus – drehen Sie sich mal um. Ich hab dafür einen Blick, weil ich gewissermassen in der Vergnügungsbranche tätig bin. Leiche verkaufen – welch abstruse Idee –
KAROLINE Ich hab halt kein Geld.
SPITALER Kommen Sie heut abend zu mir ins Büro. Hier die Karte.

KAROLINE *(liest)*
DIENER Na was hat er denn gesagt?
KAROLINE Wer ist dieser Herr eigentlich?
DIENER Wissen Sie, das ist der, der so verschiedene Sachen veranstaltet – heut abend veranstaltet er eine Schönheitskonkurrenz – – Ich werd Ihnen das alles heut abend näher erklären –

****

[Bl. 4]

Zweites Bild
Beim Anatomiediener.

DIENER Meine Frau ist verreist – ich bin Strohwitwer! Ich krieg heut abend Besuch!

KAROLINE Ich bin so müd – lassens mich schlafen!
DIENER Gut! Zuerst sich vollfressen und dann schlafen! Eine Gemeinheit ist das!
KAROLINE So haben Sie doch Verständnis mit mir!
DIENER Gut! *(Ab)*

KAROLINE *(schläft) (Es erscheint ihr die himmlische und irdische Schönheit)*

Drittes Bild

Spitaler entlässt die Stenotypistin.
Karoline kommt.

Viertes Bild

Beim Diener. Die Frau kommt zurück.

Fünftes Bild

Schönheitskonkurrenz.
Sechstes: Friedhof.
Siebentes: Krankenhaus.
Achtes: Gefängnis.

Vorarbeit:
Karoline, die Schönheit von Haidhausen

Strukturplan in 6 Bildern mit Werktitel
ÖLA 3/W 365 – BS 33 [1], Bl. 9v

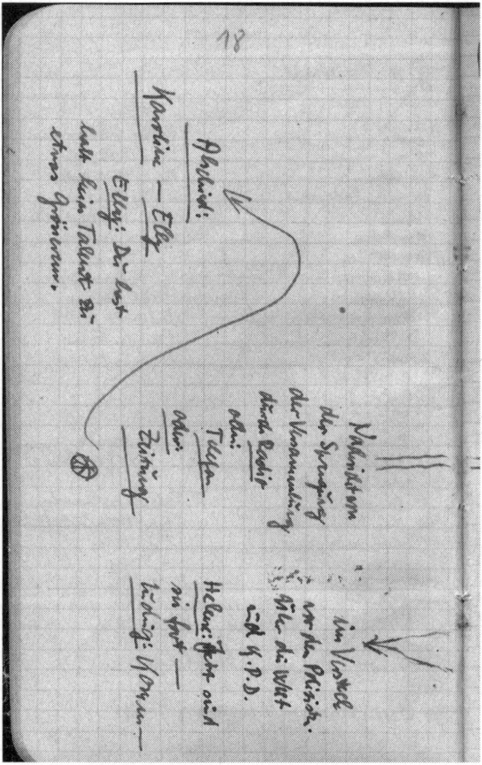

ÖLA 3/W 365 – BS 33 [1], Bl. 10

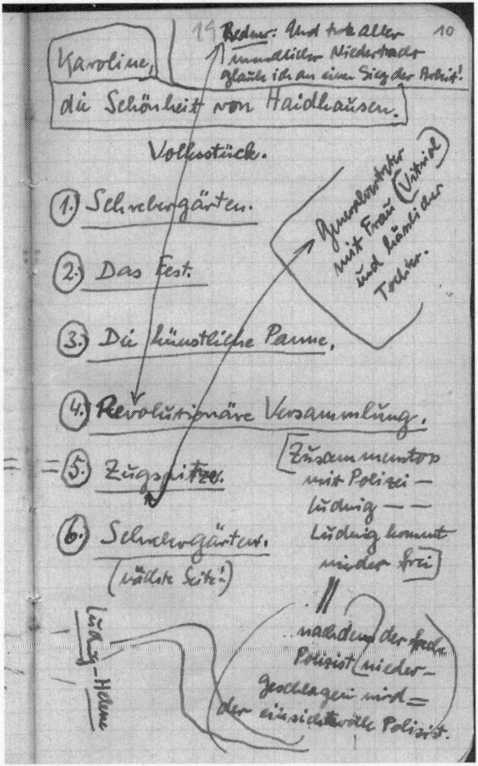
19 Redner: Und trotz aller unendlicher Niederlagen glaube ich an einen Sieg der Politik! 10

Karoline, die Schönheit von Haidhausen.

Volksstück.

1.) Schrebergärten.

2.) Das Fest.

3.) Die künstliche Palme.

4.) Revolutionäre Versammlung.

5.) Zugspitze.

6.) Schrebergärten. (völlige Stille!)

Generalvertreter mit Frau (Vitriol) und hämischer Tochter.

Zusammenstoss mit Polizei – Lüdwig – – Lüdwig kommt wieder frei

// ..nachdem der freche Polizist niedergeschlagen wird = der einsichtsvolle Polizist.

Lüdwig – Helene

Abschied:

Karoline – Elly

Elly: Du hast
halt kein Talent zu
etwas Grösserem.

Nachricht von
der Sprengung
der Versammlung
durch Radio
oder:
Telefon

oder:
Zeitung

⊛

im Versteck
vor den Polizisten.
Über die Welt
und K.P.D.

Helene: Jetzt sind
sie fort –
Ludwig: Komm –

Redner: Und trotz aller
unendlicher Niedertracht
glaube ich an einen Sieg der Arbeit!

Karoline,

die Schönheit von Haidhausen.

Volksstück.

1. Schrebergärten.

2. Das Fest.

Generalvertreter
mit Frau [Vitriol]
und hässlicher
Tochter.

3. Die künstliche Panne.

4. Revolutionäre Versammlung.

5. Zugspitze.

[Zusammenstoss
mit Polizei –
Ludwig – –
Ludwig kommt
wieder frei]

6. Schrebergärten.
(nächste Seite!)

Ludwig – Helene

nachdem der freche
Polizist nieder-
geschlagen wird =
der einsichtsvolle Polizist.

Strukturplan in 7 Bildern mit Werktitel
ÖLA 3/W 365 – BS 33 [1], Bl. 15

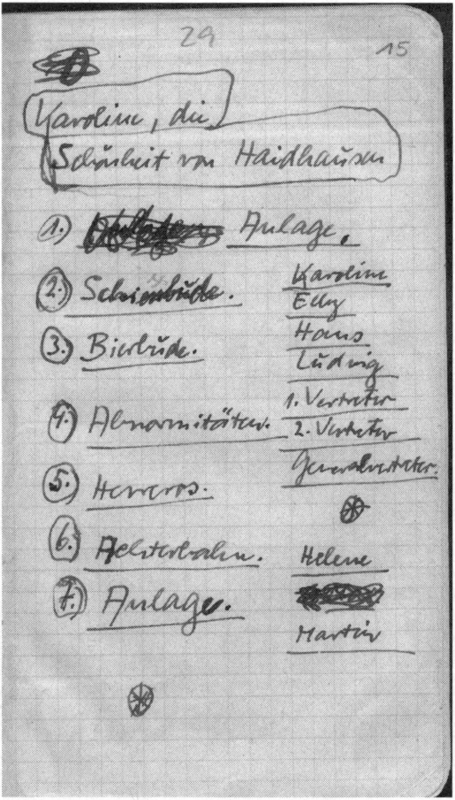

{}

Karoline, die

Schönheit von Haidhausen

1. ~~Anlagen~~ Anlage.

2. Schiessbude.

3. Bierbude.

4. Abnormitäten.

5. Herreros.

6. Achterbahn.

7. Anlage.

⊛

Karoline
Elly
Hans
Ludwig
1. Vertreter
2. Vertreter
Generalvertreter.

⊛

Helene
{}
Martin

Konzeption:
Kasimir und Katharina. Volksstück in fünf Bildern

Strukturplan in 5 Bildern mit Werktitel
IN 221.001/1 – BS 45 a [1], Bl. 1

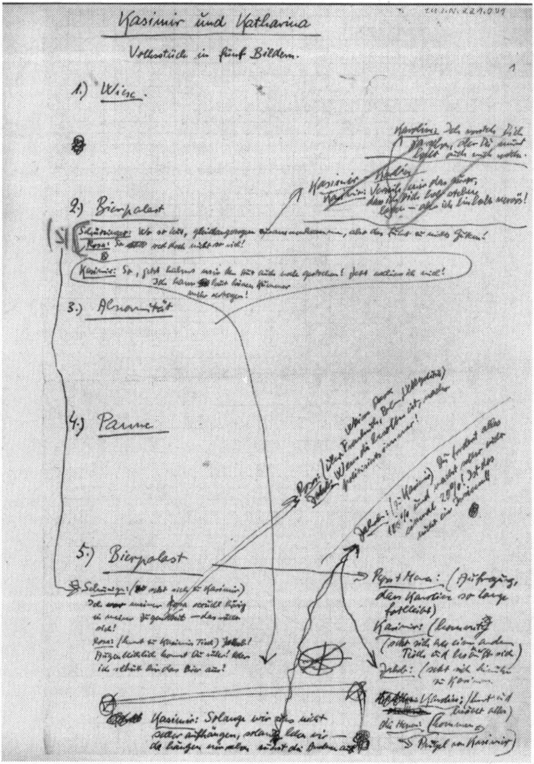
Kasimir und Katharina

Volksstück in fünf Bildern.

1.) Wiese.

2.) Bierpalast

3.) Abnormität

4.) Panne

5.) Bierpalast

Kasimir und Katharina

Volksstück in fünf Bildern.

1.) Wiese.

Karoline: Ich versteh Dich ja schon, aber Du musst halt auch mich verstehn.

~~2.)~~

Kasimir – Karoline

Kasimir: Verzeih mir das zuvor, dass ich Dich hab stehen lassen – aber ich bin halt nervös!

2.) Bierpalast

|S| Schürzinger: Wo so Leut, gleichangezogen zusammenkommen, also das führt zu nichts Gutem!

Rosa: So ⩘ red doch nicht so viel!

⊛

Kasimir: So, jetzt habens mir den Hut auch noch gestohlen! Jetzt erschiess ich mich! Ich kann ⩘ heut keinen Kummer mehr vertragen!

3.) Abnormität

Weisse Rasse

Rosa: (über Frankreich, Polen, Weltpolitik)

Jakob: Wenn die besoffen ist, nacher politisierts immer!

4.) Panne

Jakob: (zu Kasimir) Du forderst alles 100% und machst selber nicht einmal 20%! Ist das nicht ein Irrsinn!!

⊛

5.) Bierpalast

Schürzinger: (⩘ setzt sich zu Kasimir) Ich war meiner Rosa sexuell hörig in meiner Jugendzeit – das rächt sich!

Rosa: (kommt zu Kasimirs Tisch) Jakob! Augenblicklich kommst Du rüber! Oder ich schütt Dir das Bier aus!

⩘ Kasimir: Solange wir uns nicht selber aufhängen, solange leben wir – da hängen wir schon zuerst die Andern auf.

⊛

Papa + Mama: (Aufregung, dass Karoline so lange fortbleibt)

Kasimir: (kommt~~)~~ (setzt sich an einen anderen Tisch und besäuft sich)

Jakob: (setzt sich hinüber zu Kasimir.

~~Karoline:~~ Karoline: (kommt und ~~die Herren~~ erzählt alles)

die Herren: (kommen Prügel von Kasimir)

Fragmentarische Fassung des 1. Bildes

(Grundschicht)

[IN 221.001/8 – BS 45 b, Bl. 5–8]

[Text fehlt]
[Bl. 5]

primiert, nicht?

KAROLINE Ich trage ja dem auch Rechnung, dass unser Verhältnis, wenn das getrübt wird, dass an dieser Trübung nur die internationale Krise schuld ist, und weder Du noch ich – Aber glaubs mir doch: wenn Du nichts zu lachen hast, hab ich auch nichts zu lachen!

KASIMIR Stell Dich nicht so blöd, ja?!

KAROLINE Du musst optimistischer sein! Es wird schon anders werden!

KASIMIR Einen Dreck wird das anders! Ich kenne alle Parteien! Es gibt überhaupt keine Partei mehr, bei der ich noch nicht war, höchstens Splitter! Aber ich kann Dir sagen, das ist alles nichts!

(Stille)

KAROLINE Ich möcht jetzt mal gern mit der Achterbahn fahren.

KASIMIR Mit was?

KAROLINE Mit der Achterbahn.

KASIMIR[1] So. Mit der Achterbahn?

(Stille)

KASIMIR Gib eine Antwort.

(Stille)

KASIMIR Hast mich denn nicht gehört?

(Stille)

KASIMIR Ob Du jetzt mit der Achterbahn fahren willst, habe ich Dich gefragt?

1 KASIMIR] KAROLINE

KAROLINE Ja.
(Stille)

KASIMIR So. Also das ist die Höhe der Gemeinheit! Fahrt da mit der Achterbahn, wo sie weiss, dass ich kein Geld habe! Eine Gemeinheit ist das, verstanden, aber schon eine sehr grosse! Fahr nur mit Deiner Achterbahn! Nur zu! *(ab)*

KAROLINE *(geht an den Eisstand und kauft sich ein Eis und schleckt auch)*

EMIL *(beobachtet sie schleckend)* [Bl. 6]

KAROLINE *(zu Emil)* Was schauns mich denn so blöd an?

EMIL Verzeihung! Ich hab an etwas ganz anderes gedacht!

KAROLINE Drum.
(Jetzt kommt wieder der Zeppelin)

KAROLINE Der Zeppelin –

EMIL Ja.
(Stille)

KAROLINE Der fliegt jetzt nach Oberammergau und dajetzt beschreibt er aber noch einige Schleifen!

EMIL Ja und dann kommt er wieder zurück und beschreibt wieder so einige Schleifen.

KAROLINE Sind Sie schon mal geflogen?

EMIL Ja.

KAROLINE Was ist das eigentlich für ein Gefühl?

EMIL Ein erhebendes. Man sieht die Erde unter sich und all die Menschen und den Schmutz und das Elend und wundert sich, dass die Menschen nichtmehr Frieden halten können.

KAROLINE Ja, Frieden. Also an den Frieden glaub ich nicht.

EMIL Krieg wird immer sein.
(Stille)

KAROLINE Ich möcht mal mit der Achterbahn fahren.

DER ALTE STUNK Fahren Sie doch mit uns! Fräulein! Und Sie auch, Herr Emil! [Bl. 7]

V. MÜLLER, STUNK. KRACH, DER ALTE STUNK und DER ALTE KRACH *(kommen)*

STUNK *(entdeckt Emil)* Mensch, das ist ja der Emil! Frisst da Eis! Servus, Emil! Du hast doch gerade gestern geschworen, dass Du nie aufs Oktober gehen wirst!

EMIL Stimmt. Ich bin ja auch nicht zum Vergnügen hier, sondern nur so
KRACH Willst wohl als Abnormität gehen?
EMIL Nein.

DER ALTE STUNK Wer ist denn das?
STUNK Das ist ein Kommilitone, Papa! Darf ich vorstellen – Emil Wegmann –
DER ALTE STUNK Angenehm! Stunk!
DER ALTE KRACH Krach!
V. MÜLLER von Müller!
EMIL Angenehm!

DER ALTE STUNK Und was ist das für ein nettes Kind da –
KRACH Ein hübsches Mädchen!
DER ALTE KRACH Jetzt war ich solang nicht auf dem Oktoberfest, aber die jungen Leut gehen noch immer mit den Mädchen – ganz wie zu meiner Zeit –
EMIL Wir zwei beide haben uns nur zufällig kennen gelernt.
DER ALTE STUNK Kann ein jeder sagen!
KAROLINE Was der Herr sagt, ist richtig!
DER ALTE KRACH Also Zufall oder nicht Zufall – Ihr fahrt jetzt alle mit uns auf der Achterbahn –
EMIL Leider. Ich muss hier noch warten – ich hab mich verabredet
KAROLINE Und ich bin auch verabredet – meine Eltern warten im Augustiner –
V. MÜLLER Aber die Achterbahn macht doch nichts aus – paar Minuten und alles ist rum –

LILI *(kommt)* Herr Wegmann – – (usw) [Bl. 8]
STUNK Was hat er denn von Dir wollen?
EMIL Nichts. Jetzt fahr ich mit der Achterbahn –
DER ALTE KRACH Und das Fräulein kommt auch mit – jetzt

werden bald die Lichter angezündet und es ist schön so oben auf das Lichtmeer herabzusehen

KAROLINE Eigentlich wollt ich ja nur ein Eis essen, aber gut –
EMIL Kommens nur mit, Fräulein – jetzt ist schon eh wurscht!
V. MÜLLER Also vorwärts!

****

Fassung des 2. Bildes

(Grundschicht)

[IN 221.001/8 – BS 45 b, Bl. 9–15]

[Bl. 9]

Zweites Bild

Beim Augustiner. Grosse Stimmung. Es ist bereits dunkel geworden. Fanfarenklänge. Da sitzen Papa und Mama, die Rosa Schürzinger und der Jakob Schürzinger.

ALLES *(Singt)*
So lang der alte Peter
Eins, zwei, drei – gsuffa!

ROSA *(zur Mama)* Warum trinkt er denn nichts, der Papa?
MAMA Weil er heut schlechter Laune ist.
ROSA Was ist ihm denn übers Leberl gekrochen? Schlechte Laune bei die Mannsbilder gibts nichts! Da hast ihm halt nicht richtig gezogen – da hab ich den Meinigen schon besser an der Kandarre!
MAMA Mein Gott, es ist ja kein Kinderspiel, das mit unserer

Karolin – da schlagts die gute Partie aus und hängt sich an den Kasimir, der wo hint und vorn nichts hat –

ROSA Das schon! Aber er ist doch ein tüchtiger arbeitssamer Mensch –

MAMA Das schon! Aber seit gestern ist er abgebaut –

ROSA Auweh, auweh –

MAMA Und in der heutigen Zeit, wo alles wackelt – – *(Ab)*

JAKOB Du, Heinrich! Kannst Du mir das Phänomen erklären, warum dass die Weiberleut immer zu zweit verschwinden?

PAPA Das weiss ich nicht!

JAKOB Möchst es wissen?

PAPA Nein!

JAKOB Warum bist denn heut so grantig?

PAPA Das ist kein Kunststück. Geh leck mich am Arsch!

JAKOB Nichts für ungut, Heinrich! Prost! [Bl. 10]

PAPA Prost! – Kellnerin! Jetzt wart ich schon so lang auf meine zwei Dicke, dass mer der Appetit schon vergangen ist, Herrgottsakrament!

KELL Ich brings schon! Ich brings schon!

JAKOB Es ist das eine schlechte Bedienung hier.

PAPA Früher war das anders.

JAKOB Früher hatte auch so manches seine Schattenseiten. Wenn man bedenkt, zum Beispiel das preussische Dreiklassenwahlrecht –

PAPA Aber die Bedienung war besser, Herrgottsakrament! Was scheiss ich mich um die Preussen!

ALLGEMEINER GESANG Ein Prosit ein Prosit der Gemütlichkeit!

ROSA und MAMA *(kommen zurück)*

(Fanfarenklänge)

KASIMIR *(erscheint)*

JAKOB Jessas, der Kasimir!

(Stille)

MAMA Wo hast denn die Karolin?

KASIMIR Ich habe gemeint, dass sie hier ist.

PAPA Hier ist keine Karolin.

KASIMIR Wir haben uns nämlich verloren auf der Wiese im Gedränge – und jetzt suchen wir uns gegenseitig – sie wird mich jetzt wahrscheinlich noch suchen –

PAPA Wahrscheinlich!

MAMA Ja, dann suchens halt noch weiter, Herr Kasimir!

KASIMIR Ja, dann werd ich nochmal schauen – aber bei die vielen Leut da draussen, bis da eine findest, das ist ein Zufall –

ROSA Vielleicht habens Glück, Herr Kasimir!

KASIMIR Brauchen könnt ichs! *(ab)*

(Stille)

JAKOB Dieser Kasimir ist ein netter Mensch, ein feiner Mensch. Ich hab ihn [Bl. 11] gern. Ich hab so feine Menschen gern. Er ist sicher sehr tüchtig.

ROSA Geh halt doch Dein Maul!

(Stille)

JAKOB Ein zartbesaiteter Mensch ist das. Ich bin amal mit ihm spazieren gegangen und da hat er einen Gaul bemitleidet, weil der Kutscher ihn geschlagen hat. Einen Gaul, meine Herrschaften! Und derweil ist er selber Chauffeur! Man muss das zu würdigen wissen!

(Stille)

JAKOB Der Karolin kann man nur gratulieren. Nur gratulieren.

ROSA Geh halt doch Dein Maul!

JAKOB Ja, erlaube –

ROSA Du sollst jetzt Dein Maul halten, gelt? Sonst werd ich grantig!

JAKOB Also das ist die Höhe!

ROSA Ob Du jetzt still sein willst! Du kennst mich, Du Krüppel, gelt?

JAKOB Ich weiche nur der Gewalt. Nur der Gewalt!

ROSA Jetzt hast wieder lang genug geredet. Verstanden? Jetzt ist das Pensum wieder voll! Jetzt lass andere reden!

JAKOB Bitte –

ROSA Immer muss er das letzte Wort haben –

JAKOB *(sauft)*

PAPA Also das von wegen gratulieren: gratulieren kann der Karolin niemand zu dieser Verbindung. Kein Mensch! Und ihren Eltern, das sind wir, auch nicht. Auch kein Mensch! Ich war immer gegen diese Verbindung! Was hat sie jetzt? Ich war immer dagegen, dass sie diesen Kerl heiratet, den Chauffeur – ich war immer dafür, dass sie möglichst einen Beamten heiratet – aber nein! Akkurat auf diesen Kasimir hat sie sich versessen! Jetzt ist er abgebaut!

MAMA Mein Gott, das ist halt die Liebe!

PAPA Man darf halt nicht so blind seinen Gefühlen nachgehen! Wenn Du damals [Bl. 12] so blind Deinen Gefühlen nachgegangen wärst – Gute Nacht! Dann wärst heut unterm Rad vielleicht, aber keine pensionierte Lokomotivführersfrau!

JAKOB Heutzutag ist der Staat auch nichtmehr so sicher.

ROSA Das ist ein Quatsch! Der Staat ist nicht sicher, weil ihn die Juden beherrschen – in dem Moment, wos keine Juden mehr gibt, ist wieder alles sicher! Die Juden und die Jesuiten! Und die Freimauerer! Die unterhöhlen alles – meinst, dass da unter uns nicht alles unterhöhlt ist? Eines Tages trinkst Dein Bier und fliegst in die Luft!

JAKOB *(macht eine geringschätzige Handbewegung)*

ROSA Du dass ich feil keine solche geringschätzige Handbewegung mehr seh – sonst schmier ich Dir eine –

JAKOB *(trinkt)*

ROSA Die Staaten müssen wieder radikal national werden – und alle diese nationalen Staaten müssen dann international werden zum Schutze der weissen Rasse! Sonst kommen die Mongolen!

PAPA Also das mit die Mongolen interessiert mich jetzt nicht! Keineswegs! In der heutigen Zeit muss man praktischer denken –– Die Karolin, meine Tochter, liegt mir näher als deine Mongolen, das Hemd liegt mir näher als der Rock! Und ich habe meinen Entschluss gefasst: die Karolin muss fort von dem Arbeitslosen! Sie soll einen Beamten heiraten! Schluss! Punkt! Amen!

MAMA Man soll aber niemanden zur Liebe zwingen!

KAROLINE *(kommt mit den Studenten)*
KAROLINE *(zu den Studenten)* Also ich dank Ihnen dann vielmals für die Achterbahn und den Liquer – es war sehr schön. Dort sitzen meine Eltern!
(Allgemeines Grüssen – Studenten setzen sich)
KAROLINE *(zu Papa)* So! Ich hab mich etwas verspätet, weil ich mit der Achterbahn gefahren bin und dann hab ich auch noch geschossen und hab das da gewonnen *(einen Stofflöwen)* im japanischen Ringwerfen – Ist der Kasimir nicht da?
[Bl. 13]
PAPA Er war schon da und sucht Dich.
MAMA Er hat gesagt, ihr habt Euch verloren –
KAROLINE Ist ja garnicht wahr! Wir haben uns zerkracht!
PAPA Soso! Zerkracht!
KAROLINE Ja, weil er halt wiedermal so ungalant war!
PAPA Chauffeur bleibt Chauffeur!
KAROLINE Geh red doch nicht immer so blöd daher, Papa! Du bist ein Lokomotivführer! Und da ist kein Unterschied!
PAPA Da ist ein gewaltiger Unterschied! Ich hab Pension! Und dann kann ich nicht abgebaut werden –
KAROLINE Also wennst jetzt gleich wieder so anfangst – –
MAMA Aber geh, Karoline, setz Dich her – Wer sind denn die Herren dort drüben?
KAROLINE Die hab ich durch Zufall kennen gelernt. Das sind Akademiker. Ich wollt eigentlich nur ein Eis essen – und dann ist der Zeppelin vorbeigeflogen – und wir sind so ganz von nichts in das Gespräch gekommen –

MUSIK
Kennst Du das Tal im Alpenglühen
Wo abends leis die Wolken ziehn –
(usw)

DER ALTE STUNK Ein nettes Mädel – Kinder, da kommen mir die Erinnerungen an meine Studienzeit, aber die Achterbahn hat mir den Appetit verdorben! Einen doppelten Kirsch! Fünf! Sechs doppelte Kirsch!

EMIL Ich danke nein!

STUNK Geh, Emil! Sauf! Jetzt hast mal Gelegenheit! Auf eine bessere Zukunft!

(Sie saufen)

EMIL Ich vertrag nämlich keinen Alkohol – da werd ich ganz anders –

V. MÜLLER Da kommt der wahre Mensch zum Vorschein!

EMIL Der wahre Mensch – *(er rezitiert Rilke)*

STUNK Was ist das?

EMIL Rainer Maria Rilke. *(er setzt sich)* [Bl. 14]

STUNK Ein komischer Kerl –

KRACH Ich hätt einen Plan – er und die Karolin, die bringen wir zusammen

(leise besprechen; Lachen)

V. MÜLLER He, Emil! Wie gefällt Dir das Mädel?

EMIL Sehr.

STUNK Warum hast Du eigentlich kein Mädel?

EMIL Das ist nicht so leicht zu erklären –

KRACH Ein Weib versüsst den Aufenthalt –

EMIL Das schon – aber ich hab bisher nur Pech gehabt, verstehst Du?

STUNK Ich glaub, Dir fehlts an Mut.

EMIL *(lächelt)* Oh, nein!

KRACH Dann geh jetzt zu ihr hinüber und bitte sie an unseren Tisch.

EMIL Gemacht! *(er geht hinüber)* Darf ich, verzeihen Sie, wir dürfen Sie doch einladen zu einem Gläschen Alkohol –

KAROLINE Aber ich danke, Herr Wegmann!

EMIL Erlauben, dass ich mich vorstell! Wegmann!

PAPA Sehr erfreut!

EMIL Sie werden doch nichts dagegen haben?

MAMA Aber bitte!

KAROLINE Nein. Wenn jetzt nämlich der Kasimir kommt –

PAPA Nacher wird er schon nicht soviel melden! Warum sollst

Du keinen Schnapps trinken! Bitte! Studierte Leut sind immer eine gute Gesellschaft!

EMIL Darf ich bitten! *(er geleitet sie hinüber)*

GESANG

Ich schiess den Hirsch im wilden Forst
(usw)

KASIMIR *(erscheint; überblickt die Situation – tritt an den Tisch)* Verzeihung! Darf ich Dich einen Moment sprechen!

KAROLINE Bitte –

KASIMIR Was sind denn das für Herren da? [Bl. 15]

KAROLINE Bekannte.

KASIMIR So. Bekannte. Und Du riechst nach Schnapps. Gute Nacht!

KAROLINE Jetzt vergönn mir doch auch ein bisserl was, ja?!

(Stille)

KASIMIR Ich vergönn Dir alles. Siehst. Jetzt hab ich Dich um Verzeihung bitten wollen, dass ich Dich zuvor stehen gelassen hab – aber jetzt tu ichs nichtmehr.

KAROLINE Da kann man nichts machen!

(Stille)

KASIMIR Komm!

KAROLINE Warum soll ich denn jetzt kommen?

KASIMIR Wenn Du das nicht weisst, dann allerdings muss ich meinen – hat er wieder gehetzt gegen mich, der Alte?

KAROLINE Red nicht immer so von Papa!

KASIMIR So. Also das auch noch!

EMIL *(der die ganze Zeit schon aufgehetzt worden ist von den Anderen)* Also Fräulein Karolin – wollen wir jetzt gehen?

KAROLINE Ja.

KASIMIR Wohin?

KAROLINE Die Herren hier haben mich nur eingeladen, dass wir uns anschauen die Abnormitäten – Du weisst doch, dass diese Abnormitäten eine Schwäche von mir sind –

KASIMIR Jetzt bleibst da!

V. MÜLLER Oho!
KASIMIR Ja wie hätten wir es denn da?!
V. MÜLLER Stellen Sie sich uns mal gefälligst vor, Herr! Bevor Sie mit uns reden!
KASIMIR So. Alsdann. Geh nur zu Deine Abnormitäten – geh nur.
KAROLINE Ich geh auch schon. Ich geh. *(ab mit den Studenten)*

Fassung des 3. Bildes

(Grundschicht)

[IN 221.001/8 – BS 45 b, Bl. 16–18]

[Bl. 16]

<u>Drittes Bild</u>

In der Abnormitätenbude. Publikum. Karoline und die Herren Akademiker.

AUSRUFER Ich darf Ihnen nun erklären den Mann mit dem Bulldoggkopf. Er wird künstlich ernährt. Er kann den Mund nicht aufmachen – sonst würde er ihn nicht mehr zusammenbringen. Sie können hier sehen, was die Natur beliebt und welche seltsame Menschen auf unserer Erde hausen.
BULLDOGG *(ab – Applaus)*
AUSRUFER Als zweites darf ich Ihnen zeigen, Juanita, das Gorillamädchen!
JUANITA *(erscheint)*
AUSRUFER Juanita wurde in Argentinien geboren. Ihr Vater war Dompteur, ihre Mutter erschrack über einen Gorilla – ihre Haut tierischer Haarwuchs, auch im Gesicht. Die inneren Organe sind wie bei einem Tier –

RUF *(aussen)* Der Zeppelin! Der Zeppelin! *(Surren, alles stürzt hinaus, auch Juanita will hinaus)*
AUSRUFER Zurück! Was fällt Dir ein?
JUANITA Ich möcht aber auch mal den Zeppelin sehen!
AUSRUFER Aber das geht doch nicht –
JUANITA Nur durch eine Ritze!
AUSRUFER Unmöglich! Ausgeschlossen! Zurück!

DER BULLDOGG *(kommt und noch andere Abnormitäten, dicke Dame, Frau mit Bart, Riese, usw)*

AUSRUFER Ja was fällt Euch denn ein?!
ABNORMITÄTEN *(im Chor)* Der Zeppelin, der Zeppelin!

DIREKTOR *(erscheint auf der Bühne in Begleitung des Lilip – mit einer Reitpeitsche)*
AUSRUFER Herr Direktor! Die Leut sind wahnsinnig geworden! Sie möchten den Zeppelin sehen! [Bl. 17]
DIREKTOR Was?! Zeppelin?! Werdet Ihr gleich zurück! Aber sofort! Was fällt Euch denn ein?!
GORILLAMÄDCHEN Einen solchen Kontrakt haben wir nicht unterschrieben – wir können nicht immer im Stall sitzen, wir möchten auch mal was sehen?
DIREKTOR Das ist Vertragsbruch! Revolution! Zurück!! Wenn Euch alle sehen können, dann ists bald rum mit dem Geldverdienen! Marsch!!
DER BULLDOGG *(röchelt und fasst sich ans Herz)*
DIE DICKE Franz! Der arme Franz!!
DIREKTOR Raus mit Euch!!
DIE DICKE Der arme Franz – er hat doch so ein schwaches Herz – – – *(sie ziehen sich zurück)*
AUSRUFER Da kommen schon welche zurück! Zurück!! *(Abnormitäten ab bis auf das Gorillamädchen, das sich apathisch setzt)*

DIR Dieser Scheisszeppelin! *(ab)*

EMIL und KAROLINE *(kommen zurück)*

KAROLINE Sie haben schon recht. Setzen wir uns lieber daher. Diesen Zeppelin haben wir ja jetzt schon oft genug gesehen.
EMIL Wir werden ja so nie damit fahren.
KAROLINE Wer sind denn eigentlich die Herrn Ihrer Bekanntschaft?
EMIL Kommilitonen.
KAROLINE Was?
EMIL Studenten.
KAROLINE Ihr redts immer in so lateinischen Hieroglyphen, das klingt so mystisch – und wenn man näher hinschaut derweil ist es ganz was einfaches.
(Stille)
KAROLINE Mir gefallen diese Herren nicht.
EMIL Das kann ich ja verstehen.
KAROLINE Wie kommen Sie überhaupt zu denen. Sie passen da garnicht hinein.
EMIL *(lächelt)* Also gefall ich Ihnen?
KAROLINE Ja. [Bl. 18]
EMIL Sie mir auch[2].
KAROLINE Ich bin eigentlich verlobt – der Herr zuvor war nämlich nicht nur so ein Bekannter von mir, wie ich das zuvor gesagt hab, sondern mein Bräutigam. Aber er ist jetzt arbeitslos.
EMIL Wenn ich fertig bin, dann bin ich auch arbeitslos.
KAROLINE Aber Sie haben doch Geld.
EMIL Das ist ein grosser Irrtum – Geld haben nur die Anderen.
KAROLINE Die haben sogar ein Auto.
EMIL Ja.
(Inzwischen hat sich wieder alles gefüllt)

AUSRUFER Wir setzen unsere Darbietungen fort. Juanita, das Gorillamädchen ist vollständig normal gebaut. Sie kann auch reden – ja, sogar singen. Zum Beweis wird sie Ihnen etwas singen, die Arie der Giuletta aus Hoffmanns Erzählungen, von Jaques Offenbach.

2 auch] auch nicht

JUANITA *(singt)*
Liebesnacht, ach süsse Nacht
Ach stille mein Verlangen –
(usw)

KASIMIR *(tritt ein und horcht) sucht mit den Blicken Karoline, die jetzt in der hintersten Reihe sitzt – und Emil hat seine Hand auf ihre Schulter gelegt) – auch andere Paare nähern sich)*

(Applaus – alles ab)

KAROLINE *(erblickt Kasimir)*

KASIMIR So.

KAROLINE Was willst denn schon wieder?

KASIMIR Ich hab Dich um Verzeihung bitten wollen – aber Du bist einfach auf und davon, und dann hab ich mir gedacht, lass sie laufen, aber dann bin ich Dir nach – – hierher nach und hab eigentlich ganz brutal werden wollen, aber dann hab ich Dich gesehen, wie Du Dich von dem seiner Hand an die Taille fassen lasst – und jetzt kann ich Dir nur sagen: Leck mich am Arsch, Karoline! *(ab)*

Fassung des 4. Bildes

(Grundschicht)

[IN 221.001/8 – BS 45 b, Bl. 19–23]

[Bl. 19]

Viertes Bild

Ein Auto, das von Müller gehört. Alle sitzen drin. Das heisst: jetzt sind sie ausgestiegen, und zwar: v. Müller. Er hat die Haube offen und bastelt am Motor. Stunk steigt aus.

DER ALTE STUNK Was denn los? Ziehen die Rappen nichtmehr? Streiken die Rappen?

MÜLLER Nein. Das heisst ja. Der Motor ist heissgelaufen. Zu dumm! Jetzt müssen wir irgendwo Wasser herschaffen.

KRACH *(steigt aus)* Die Kanne ist da!

ALTER ST Also raus!

ALTER KRACH Alle?

ALTER STUNK Die Dame kann ja hier bleiben!

KRACH Ich hole Wasser und Ihr begleitet mich. Die Dame bleibt da und Emil wird sie beschützen – gegen etwaige Briganten.

KAROLINE Hoffentlich kommen wir nicht zu spät zurück.

V MÜLLER Wenn wir zu spät kommen, dann ist das die Tücke des Schicksals.

EMIL Warum eilt es Ihnen so?

KAROLINE Ich möcht doch nochmal zurück – zu meinen Eltern und dann hab ich so ein komisches Gefühl, das mit meinem Bräutigam. Dass wir hier etwas herausgefahren sind, das war ja eine gute Idee – denn mein Kopf hat wirklich gesurrt, ich bin das nicht gewöhnt das durcheinander trinken und besonders der Samos, meine Herren – aber jetzt bin ich wieder ganz frisch –

STUNK *(zu Emil)* Also Du bleibst da beim Fräulein, gelt?

EMIL Natürlich!

DER ALTE ST. Und wir suchen Wasser – Habt Ihr Taschenlaterne?

STUNK Ja!

DER ALTE ST. Wir zwei alten gehen nach links – und Ihr nach rechts – da werden wir schon was finden. *(leise)* Es klappt alles vorzüglich.

KRACH Wiedersehen, Papa!

DER ALTE ST. Wiedersehen, mein Junge!

DIE JUNGEN *(ab)*

ALTER STUNK Die Jugend, Freund! Bei solchen Scherzen kommen mir Jugenderinnerungen, was wir alles so getrieben haben! Die Jugend bleibt immer das-[Bl. 20]selbe und wir alten müssen nachsichtig sein – das Mädel, das einer geschwängert hat und dann drei drauf, das war ein Zusammenhalt –

es war ja nur so ein Strassenweib -- die Tochter eines Feinmechanikers –

ALTER KRACH Ja, so vergeht die Jugend. Es wird Tag und es wird Nacht – heut auf dem Oktoberfest bin ich melancholisch geworden – ich hab auf einmal mich gesehen – so vor fünfunddreissig Jahr – wie ich geschossen hab undsoweiter – Wir gehen alle der Grube zu -- und oft hör ich so Stimmen, Du bist 61 Jahre alt, sagt die Stimme, Du hast vieles erreicht, bist Landgerichtsdirektor geworden – und dann – Wieviel Jahre wirst Du noch haben, fragt die Stimme –

ALTER STUNK Wie alt bist Du jetzt?

ALTER KRACH Einundsechzig.

ALTER STUNK Donnerwetter ja! Das hätt ich nie gedacht!

ALTER KRACH Jaja – Wie schön es hier ist, schau die Sterne –

ALTER STUNK Jetzt komm -- sonst klappt ja unser Spiel nicht --

(ab)

KAROLINE *(im Auto)* Hoffentlich dauerts nicht lang. Aber das Autofahren ist etwas schönes. Mein Bräutigam ist Chauffeur – und er hat mich öfters mitgenommen.

EMIL Verstehen Sie was von Autos?

KAROLINE Doch. Ich kenn die Marken am Geräusch aber selber fahren kann ich nicht.

EMIL Hat er Ihnen denn keinen Unterricht erteilt?

KAROLINE Nein. Er hat gesagt, dazu braucht man einen Führerschein. Er ist ein sehr ein gewissenhafter Mensch. Trotzdem ist er jetzt arbeitslos.

EMIL Es ist eine schlimme Zeit.

KAROLINE Glauben Sie, dass es besser wird?

EMIL Ja.

KAROLINE Warum?

EMIL Weil ich daran glaube, dass die Menschen eine Vernunft haben.

KAROLINE Na, ich will ja nichts gegen Ihre Freunde sagen, aber die sind ja reichlich blöd! Da ist mein Kasimir schon ein ganz anderes Kaliber! Aber das ist ein Pessimist – der glaubt nicht, dass es besser wird, der glaubt glaub ich an überhaupt nichtsmehr!

EMIL Das Studieren machts natürlich nicht immer aus, dass einer gescheiter [Bl. 21] wird, das kenn ich von der Universität. Aber heutzutag ist das halt so, dass man zum Studieren viel Geld braucht – und die paar Armen, die müssen schon ungewöhnlich begabt sein. Ich zum Beispiel bin arm, und ich weiss, was das für eine Anstrengung ist – ich muss alles arbeiten, nur um mein Unterkommen zu finden. Was ich alles getan hab! Da kommt man dann freilich zu nichts! Und das Biertrinken und Alkohol muss man auch verzichten! Sehen Sie, auf der Universität, ich hab neulich eine amtliche Statistik gelesen, da studieren nur zwei Prozent Arbeiterkinder – und achtzig Prozent höhere Beamte, selbstständige Direktoren und so – und die Arbeiterkinder werden auch meistens Pfarrer.

KAROLINE Sind Sie ein Arbeiterkind?

EMIL Nein. Meine Eltern sind sozusagen Mittelstand – aber das ist ja schon dasselbe.

KAROLINE Sie das solltens mal meinem Vater sagen!

EMIL Was ist denn Ihr Herr Vater?

KAROLINE Lokomotivführer.

EMIL Der hat es notwendig!

(Stille)

KAROLINE Sie gefallen mir.

EMIL Das freut mich.

(Stille)

EMIL Das ist ein schönes Auto. Dem sein alter Herr ist Aufsichtsrat und Dr. h. c.

KAROLINE Was heisst das?

EMIL Er hat den Doktor ehrenhalber bekommen. Dazu braucht man aber viel Geld.

KAROLINE Was kostet denn der?

EMIL Direkt kosten tut er nichts – aber in der Praxis ist es halt so.

(Stille)

KAROLINE Jetzt haben wir aber schon sehr viel gescheit geredet. Jetzt schauens mal in den Himmel – das ist ein klarer Herbsthimmel heute. Ein schöner Himmel.

EMIL Ich glaub, es wird kühl.

KAROLINE Das ist ja gerade das Angenehme.

(Stille)

EMIL Wo die nur solang mit dem Wasser bleiben? [Bl. 22]

KAROLINE Geh die werden schon kommen.

EMIL Aber Sie müssen doch noch zu ihren Eltern.

KAROLINE Wenn da eine Panne ist und die kein Wasser finden, so ist das eben höhere Gewalt.

(Stille)

EMIL Das tut mir sehr leid, das zuvor mit ihrem Bräutigam – und dass das so ausschaut, als hätt ich das –

KAROLINE Geh redens doch nicht jetzt davon!

EMIL Pardon!

(Stille)

KAROLINE Ich weiss schon was Sie denken – Sie sind ein anständiger Mensch – Sie denken, Sie wollen mich nicht mit meinem Kasimir auseinanderbringen – das ist wirklich sehr schön von Ihnen – sehr – Sie anständiger Mensch, meistens sind die Herren ganz anders, die Herren der Schöpfung –

EMIL Ich bin ein einsamer Mensch.

KAROLINE Habens keine Freundin?

EMIL Nein. Dazu habe ich keine Zeit.

KAROLINE Aber so pedant darf man doch nicht denken – dann entgeht einem doch das allerbeste, der ganze Sinn des Lebens –

EMIL Vielleicht.

KAROLINE Komm – *(sie gibt ihm einen Kuss)*

(Stille)

EMIL *(lächelt)*

KAROLINE Warum lachst Du jetzt?

EMIL Weil ich mich freu.

KAROLINE Du – Du – *(abermals langer Kuss)*

(Plötzlich Scheinwerfer von rechts und links und Gesang: Gaudeamus igitur, usw)

EMIL und KAROLINE *(fahren auseinander)*

STUNK Dem jungen verlobten Paar ein dreifaches Hoch! Hoch! Hoch!

ALLE Hoch! Hoch! Hoch! *(Gelächter)*
(Stille)
V. MÜLLER Wir gratulieren!
(Stille)
EMIL Schweine. Schweine! [Bl. 23]
ALTER KRACH Was?!
KAROLINE Schweine! Schweine!
(Stille)
EMIL So. *(er steigt langsam aus)* Das war also die Panne. Vorgetäuscht. Kommen Sie, Fräulein! Pfui Teufel!
ALTER KRACH Unverschämter Lümmel!
EMIL Selber Lümmel!
ALTER STUNK Junger Mann, ich bin einundsechzig Jahre alt! Verstanden?!
EMIL Dann sind Sie eben ein einundsechzigjähriges Schwein!!
STUNK Was hast Du meinem Vater gesagt?! Du! *(Raufen – Emil wird verprügelt)* So! Und jetzt raus mit der Hur aus dem Auto! Ihr könnt zu Fuss heimfahren! *(ab mit dem Auto)*

KAROLINE Jetzt haben wir es.
EMIL Ja.
(Stille)
KAROLINE Jetzt haben die Ihren ganzen Rock zerrissen –
EMIL Ja.
(Stille)
KAROLINE Und bluten tun sie auch –
EMIL Alle gegen einen.
KAROLINE Das ist feig.
EMIL Jetzt müssen wir zu Fuss zurück. Wo sind wir da eigentlich?
KAROLINE Ich weiss es garnicht. Gehen wir die Strasse entlang. Vielleicht finden wir ein Auto – das halten wir dann an.
EMIL Wenn es uns mitnimmt – –

****

Fassung des 5. Bildes

(Korrekturschicht)

[IN 221.001/5 – BS 45 a [5], Bl. 8–22]

[Bl. 8]

V. Bild.

1.) PAPA – MAMA – ROSA – JAKOB – KASIMIR
GESANG Solang der alte Peter – – –

MAMA Wieviel Uhr ist denn schon?
PAPA ¾ auf neune.
MAMA Die bleibt feil lang aus, die Karolin.
PAPA Warum soll sie nicht lang ausbleiben? Wo sie mal Gelegenheit hat, was zu sehen? Und was soll ihr denn schon passieren, wo soviel Herren dabei sind – das waren ja gleich 4–5. Und lauter Akademiker! Da sieht man, in was für eine Gesellschaft sie gehört!
KASIMIR Meinst?
ROSA Sie taugt in gehobene Kreise.
KASIMIR So. Jetzt hab ich es aber satt. Oh, ich verstehe Euere Sticheleien! Verstanden? Ich lass mich nichtmehr sticheln! Die Pfeile sind auf mich gerichtet! – Ich bin freilich kein Akademiker, ich bin nur ein einfacher Chauffeur –
JAKOB Aber ein anständiger Mensch.
ROSA Halts Maul!
KASIMIR *(zu Jakob)* Halts Maul! – ich bin wie gesagt nur ein einfacher Chauffeur und habe [Bl. 9] noch das Unglück, arbeitslos zu sein! Aber ich habe es heute schon gesagt, ich habe nurmehr 10 Mark 20 – aber das wird heut alles versoffen! Heut bin ich in einer solchen Stimmung, meine Herrschaften! Heut – *(Gesang)*
PAPA Das gefällt mir! Versauft seinen letzten Groschen!
MAMA Sie könnt aber jetzt schon da sein!
PAPA Wo soll sie denn sein?

MAMA Vielleicht ist ihr was passiert? Ein Verkehrsunglück –
PAPA Mal den Teufel nicht an die Wand! Meiner Seel, ich bin besorgt! *(er sauft)*
KASIMIR Da musst Du nicht besorgt sein! Die wird schon irgendwo stecken – Akademiker sind halt einladender als wie Chauffeure! Herrgottsakrament, am liebsten tät ich jetzt zu Dir nachhaus gehn und ihr die Kleider aus dem Schrank reissen und sie alle in Fetzen zerreissen und sie dann [Bl. 10] erwürgen!
PAPA Fein, sehr fein!
KASIMIR Das ist mir jetzt ganz wurscht! Wenns noch lang dauert, werd ich elementar!
MAMA *(zu Papa)* Geh, Vater, reg Dich nicht auf!
JAKOB Zuguterletzt kann ich mich in seine Situation schon hineindenken –
ROSA Halts Maul!
KASIMIR Halts Maul!
PAPA Jetzt ist es neune! Jetzt fang ich mich aber auch schon an zu sorgen –
MAMA Ich sorg mich schon lange – –
ROSA Mein Gott, man darf doch nicht gleich so schwarz sehen – ein junges Blut, wie die Karolin! Wie ich jung war, ich bin noch länger ausgeblieben!
KASIMIR So! Jetzt werd ich aber ganz eckelhaft!! *(er singt)* Ach, wie so trügerisch sind Weiberherzen –
JAKOB – mögen sie lachen, mögen sie scherzen –
ROSA Halts Maul!
JAKOB Halt doch Du Deines! [Bl. 11]
ROSA Was?! Ja, was hör ich?
JAKOB Ich lass mich nichtmehr tyrannisieren!
ROSA *(duckt ihn nieder)*
JAKOB *(trinkt)*
(Stille)
ROSA Mein Herr Gemahl wird vorlaut. Ha ha ha. Sowas! Jetzt sowas! Was das überhaupt schon für ein trauriges Mannsbild ist! Nichtmal beim Militär war er – wenn ich ein Mann wär, ich hätt mich freiwillig gemeldet!
(Stille)

ROSA Unlängst erzählt er mir eine Anekdote. Eine antimilitaristische Anekdote. Sags! Wirds bald!

JAKOB *(sagt ein Gedicht auf)*

ROSA Und derweil ist unser ganzes Unglück, dass wir kein Militär mehr haben! Wer ist der erste Mensch auf der Welt? Der Offizier, nach wie vor!!
(Stille)

JAKOB Darf ich was sagen?

ROSA Jetzt kannst Du reden?

JAKOB Ich hab garnichts gegen das Militär. Ich meine nur, dass wenn viele Leute gleichangezogen zusammenkommen, dass das zu nichts zu Gutem führt.

KASIMIR Ach wie so trügerisch –

MAMA Sind Männerherzen – – [Bl. 12]
(Die Musik spielt den bayerischen Avanciermarsch – alles tobt vor Begeisterung; ausser Jakob und Kasimir)

ROSA So! Das war wiedermal erhebend!

MAMA Wo nur die Karolin bleibt?

PAPA Also jetzt glaub ich an kein Verkehrsunglück mehr! Jetzt ist was anderes passiert! Jetzt wenn mir das Luder heimkommt, jetzt brich ich ihr das Kreuz ab!

KASIMIR Bravo!

MAMA Aber Papa!

PAPA Du hast da garnicht »Bravo« zu plärren, Du Landsau!

KASIMIR Weisst was, Vater? Jetzt scheiss ich Dir was auf Deine Tochter?! Jetzt sauf ich mich ganz an! Und ich [Bl. 13] setz mich weg – an einen anderen Tisch! Wo ist mein Hut? Herrgottsakrament, jetzt habens mir meinen Hut gestohlen! Also jetzt den Hut und dann die Braut oder verkehrt – jetzt halt ichs aber nichtmehr aus, jetzt erschiess ich mich! *(er setzt sich an einen anderen Tisch)* Und morgen wird dann in der Zeitung stehen, es hat einmal einen Kasimir gegeben, einen Kasimir – er war ein guter Mensch – –
(jetzt spielt die Musik einen Walzer)

STUDENTEN *(kommen)*

MAMA Da sind ja die Herren!

ALTER KRACH Blöd, dass die noch da sitzen!
ALTER STUNK Grad recht! Was gehen [Bl. 14] die uns an!
ALTER KRACH Ich dachte, es wirkt vielleicht provozierend!
STUNK Wenn schon! Ein Deutscher fürchtet Gott, sonst nichts auf der Welt!
ALTER STUNK Bravo, Sohn!
MAMA Geh frag mal, Papa!
PAPA Verzeihung, die Herren! Wo steckt meine Tochter – ich bin nämlich der Papa von dem Kind.
V. MÜLLER Sehr angenehm! Aber wo das Fräulein Tochter steckt, das wissen wir nicht! Sie ist fort mit unserem Kommilitonen.
MAMA Mit wem ist sie fort?
PAPA Mit einem Kommilitonen.
JAKOB Das ist kein Name, das heisst soviel wie Student –
V. MÜLLER Der Herr sind Akademiker?
JAKOB Nein. Gott sei Dank nicht!
ROSA Woher weisst denn Du, was das heisst?
JAKOB Ich beschäftig mich halt. [Bl. 15]
PAPA Und wohin ist sie mit dem?
ALTER KRACH Also darüber können wir leider keine Auskunft geben.
KASIMIR Leider keine Auskunft –
PAPA Sie ist fort das läufige Nachtkastl – wann die heimkommt brich ich ihr das Kreuz ab –
KASIMIR Ich brich ihr das Kreuz ab –
PAPA Oh Gott im Himmel, warum schlägst Du mich so sehr –
JAKOB Da bist Du selbst dran schuld –
PAPA Ich hätt strenger sein müssen! Strenger!
MAMA Das einzige Kind! Das Luder, das dreckige!
JAKOB Jugend kennt keine Tugend! Au! So lass mich doch jetzt!
ROSA Ich kann jetzt Deine Stimme nicht hören! [Bl. 16]
JAKOB Wann Du mich noch einmal zwickst, geh ich rüber zum Kasimir!
ROSA So geh! Oder ich schütt Dir das Bier ins Gesicht! Ich bin froh, wenn ich Dich nimmer seh – –

JAKOB *(setzt sich zu Kasimir)* Gestatten?
KASIMIR Leck mich am Arsch!
JAKOB Danke! *(setzt sich)*

STUNK *(erhebt sich)* Wir wollen aber über alles nicht unsere erste Pflicht vergessen! Wir bringen ein Hoch aus auf Volk und Vaterland! Hoch! Hoch! Hoch!
STUDENTEN Hoch! Hoch! Hoch!

JAKOB Du Kasimir. Man muss ein Psychologe sein. Es ist richtig, dass ich ein Pantoffelheld bin. Ich war halt in meiner Jugend meiner Rosa sexuell hörig, aber das ändert sich mit der Zeit, wenn der körperliche Reiz weg ist! Aber es rächt sich bitter! Bitter!!! [Bl. 17]
KASIMIR Ich möcht jetzt von keinem Weibe mehr was wissen! Für mich sind alle Weiber tot!
JAKOB So ist recht!
KASIMIR Die Weiber sind minderwertige Subjekte – sie verkaufen ihre Seele für eine Achterbahn –
JAKOB Richtig!
KASIMIR Verraten ihre Teuersten – in diesem Falle bin das ich – wegen ein paar Abnormitäten –
JAKOB Oh, wie wahr! Wie wahr!
KASIMIR Prost, alter Schneebrunzer!
JAKOB Prost, in diesem Sinne!
(Musiktusch)
MAMA *(springt plötzlich auf)* Karoline! Karoline!
STUDENTEN *(schnellen empor)*
KAROLINE und EMIL *(erscheinen)*
ALTER KRACH Zahlen! Zahlen!
KAROLINE Halt! Jetzt bleibts ihr aber da! [Bl. 18] Was war denn das zuvor für eine Gemeinheit, Ihr Halunken?! Setzen einen da auf der mitten Strasse ab, überfallen zu fünft diesen Herrn da und haben noch die Unverschämtheit herzukommen?!
PAPA Wieso?! Wieso?!
KAROLINE Schufte! Schufte!!
ALTER KRACH Ist die Person verrückt geworden?!

EMIL Halten Sie Ihren dreckigen Mund! Sie wollen Akademiker sein, Sie degenerierte Subjekte! Lächerlich! Sowas spricht als Student! Sie haben kein Recht als Student zu sprechen, und wenn Ihresgleichen 99% in der Universität sitzen würden! Sie sind ja die dümmsten, gemeinsten und verlogensten Vertreter derselben Schicht!

ALTER KRACH Nur zu, Herr! Man soll sich nicht unter das Volk mischen!

JAKOB Was heisst hier Volk! Sind Sie kein [Bl. 19] Volk, Sie Trottel?!

ROSA Halts Maul!

JAKOB Halt Du Dein Maul oder ich schütt Dir das Bier ins Gesicht! Für jeden dieser Studenten zahlt der Staat 3500 Mark jährlich drauf! Unser Geld ist das, unser Geld! Vom kleinen Mann das Geld! Ihr könntet ja garnicht studieren ohne unser Geld, Ihr Scheisser! Ich fürcht Euch nicht – und auch Dich, Rosa, fürcht ich nicht! Jetzt nichtmehr! Heute nicht!

ROSA Aber morgen!

JAKOB Morgen ist morgen und heut ist heut! Und heut sag ich mal meine Meinung! Einmal muss auch der Sklave reden!

KASIMIR Dieser Mann hier hat ganz und gar recht! Und wenn Ihr jetzt nicht bald verschwindet – nacher gibts Fotzen! [Bl. 20]

ALTER STUNK Ich bin 61 Jahr alt! Unerhört!

KASIMIR Schwing Dich! *(Prügelei)*
(Studenten ab)

POLIZIST Ruhe!! Ruhe!!

JAKOB Wir sind ja schon ruhig!

ROSA Möcht ich Dir auch raten!

POLIZIST *(ab)*

KAROLINE *(zu Emil)* Und dann danke ich Ihnen noch vielmals für Ihren Schutz und Ihre Unterstützung. Der Herr hier war wirklich ritterlich. Er ist ein anständiger Mensch. Ich möchte Ihnen noch meinen Bräutigam vorstellen –

KASIMIR Angenehm!

EMIL Fräulein Karolin hat mir soviel von Ihnen erzählt!

KASIMIR Jetzt kenn ich mich aber nichtmehr aus.

KAROLIN Ich werd Dir alles erklären. Jetzt sag [Bl. 21] ihm bitte: »Dankeschön!«

KASIMIR Dankeschön!

EMIL *(verbeugt sich)* Nicht der Rede wert.

KAROLINE Doch! Schau doch nur, ganz blutig habens ihn geschlagen, weil er mich beschützt hat!

KASIMIR Dafür habens jetzt auch richtige Fotzen kriegt!

MAMA *(zu Emil)* Ich danke Ihnen auch!

PAPA Geh trinkens noch ein Bier mit uns!

EMIL Danke! Aber ich muss morgen um fünf Uhr raus!

PAPA Studieren?

EMIL Arbeiten! Das heisst: arbeitsuchen!

PAPA Sie sind doch Student?

EMIL Ja.

KAROLINE Ich werd Euch schon alles erzählen –

EMIL *(ab)*

KASIMIR In puncto Dich bin ich ja jetzt im Klaren. Ich habe an Dir gezweifelt, [Bl. 22] aber die Schlange ist nun heraussen aus mir. Aber arbeitslos –

KAROLINE Nicht pessimistisch sein. Solange wir uns nicht aufhängen, – (usw)[3]

KASIMIR Das sagst Du leicht!

KAROLINE Du willst alles zu 100% Prozent. (usw)[4] Hab ich recht?

KASIMIR Ja. Da hast Du schon recht. Es war alles nur Nervosität. Aber natürliche Nervosität.

KAROLINE Natürlich.

KASIMIR Und man wird erst mit der Zeit ruhig. Stimmts?

KAROLINE Gib mir einen Kuss.

KASIMIR Da. *(gibt ihn)*

GESANG Ein Prosit der Gemütlichkeit – – –

****

ENDE

3 (usw)] solange leben wir – da hängen wir schon zuerst die Andern auf. (S. 89)
4 (usw)] und machst selber nicht einmal 20%! Ist das nicht ein Irrsinn!! (S. 89)

Konzeption:
Kasimir und Karoline in sieben Bildern
Emil Wegmann

Strukturpläne in 7 Bildern mit Werktitel
IN 221.001/3 – BS 45 a [3], Bl. 1

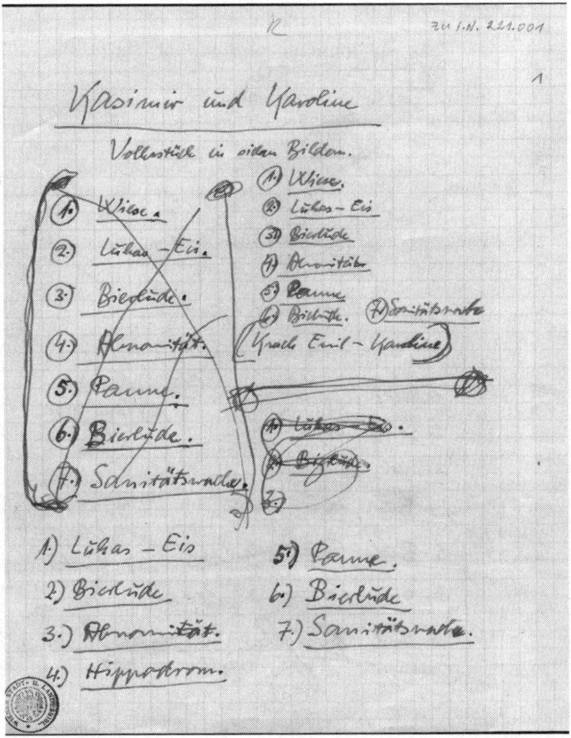

Kasimir und Karoline

Volksstück in sieben Bildern.

1. Wiese.

2. Lukas – Eis.

3. Bierbude.

4. Abnormität.

5. Panne.

6. Bierbude.

7. Sanitätswache.

1. Wiese.
2. Lukas – Eis
3. Bierbude
4. Abnormitäten
5. Panne
6. Bierbude. 7. Sanitätswache
[Krach Emil – Karoline]

~~1. Lukas – Eis.~~

~~2. Bierbude.~~

~~3.~~

1.) Lukas – Eis

2.) Bierbude

3.) Abnormität.

4.) Hippodrom.

5.) Panne.

6.) Bierbude

7.) Sanitätswache.

Fassung des 1. Bildes

(Grundschicht)

[IN 221.001/8 – BS 45 b, Bl. 1–4]

[Bl. 1]

<u>Erstes Bild</u>

Auf der Oktoberfestwiese, gleich hinter dem Dorf der Lippennegerinnen, das innerhalb einer hohen Bretterwand liegt.
In dieser Bretterwand mit Wandgemälden, die wo das Leben und Treiben im Inneren des schwarzen Erdteiles darstellen, befindet sich eine Türe mit der Aufschrift »Privat/Eingang verboten«. Und vor dieser Türe steht ein Zerberus mit einer Kontrollmütze.
Und die Luft ist voll Wiesenmusik.

EMIL *(kommt, sieht sich um und wendet sich der verbotenen Türe zu)*
DER ZERBERUS Halt der Herr! Hier ist kein Entree nicht! Hier ist privat oder kann denn der Herr nicht lesen!
EMIL Aber ich bin doch von dem Herrn Direktor hierherbestellt worden und zwar telefonisch! Für dreiviertelfünf!

(Surren in der Luft – immer stärker und stärker; in der Ferne Geheul mit allgemeinem Musiktusch und Trommelwirbel – und nun fliegt der Zeppelin in einer ganz geringen Höhe über Emil und den Zerberus hinweg – von rechts nach links; aus der verbotenen Türe stürzt der Direktor in das Freie, gefolgt von einem Liliputaner und einem gewissen Herrn Spitz)

DIREKTOR Bravo Zeppelin! Bravo Eckener! Bravo!
SPITZ Jetzt werden wir bald alle fliegen!
DER LILIPUTANER Wenn man bedenkt, wie weit es wir Men-

schen schon gebracht haben – *(er winkt mit seinem Taschentuch)*

DIREKTOR Majestätisch! Majestätisch!

(Stille)

EMIL *(zum Zerberus)* Ist das dort der Herr Direktor?

DER ZERBERUS Ja.

DIREKTOR Jetzt ist er gleich verschwunden –

SPITZ Am Horizont.

DIREKTOR Ich kann ihn kaum mehr sehen –

DER LILIPUTANER Ich seh ihn noch ganz scharf.

DIREKTOR Jetzt seh ich nichtsmehr. *(er erblickt Emil)*

EMIL *(grüsst)*

DIREKTOR *(zum Zerberus)* Ist das jener welcher?

DER ZERBERUS Zu Befehl, Herr Direktor!

DIREKTOR Dreiviertelfünf? [Bl. 2]

EMIL Dreiviertelfünf.

DIREKTOR *(zu Emil)* Moment bitte! *(zu Spitz)* Und wir zwei beide – wir wären dann also so weit. Der Vertrag ist perfekt und Sie liefern mir den Kamelmenschen.

SPITZ Der Vertrag ist perfekt. Ehrenwort?

DIREKTOR Auch das.

SPITZ Lieber Herr Direktor. Ich hätte ja eigentlich noch etwas für Sie, vorerst zwar sozusagen nur in spe – aber ein Wunder! Ein absolutes Wunder.

DIR Für Wunder bin ich immer zu haben, vorausgesetzt dass sie sich rentieren! Legen Sie los, Herr Spitz!

SPITZ Also ich hab da neulich eine total neuartige menschliche Abnormität entdeckt, einfach phantastisch und garantiert noch-nie-dagewesen!

DIR Wo?

SPITZ Sag ich nicht.

DIR Danke.

SPITZ Bitte.

DIR Weiter!

SPITZ Ich dachte natürlich sofort an Sie, an den König der Schausteller und genialen Organisator.

DIR Stimmt! Weiter!

SPITZ Diese menschliche Abnormität ist ein Kind. Vorläufig

zwar noch im zarten Blütenalter von zwei Monaten, aber es hat – *(er stockt von wegen Kunstpause)*

DIR Was?

SPITZ Drei Beine. Drei richtige Beine.

DIR Drei Beine?

SPITZ Eins, zwei, drei – Was sagen Sie jetzt?

(Stille)

DIR Mit normalen Unter- und Oberschenkeln? Nicht nur so Stumpen, die man für Beine ausgibt?

SPITZ Aber natürlich normal!

DIR Mit Knöcheln? Mit richtigen Füssen?

SPITZ Richtigen Füssen, richtigen Zehen!

DIR Dreissig Zehen? Beweglich?

SPITZ Alles in bester Ordnung!

(Stille)

DIR Das wäre allerdings eine Sensation.

SPITZ Unter Umständen der Haupttreffer – aber die Schwierigkeiten sind nicht zu unterschätzen. Die Eltern sind zwar primitive Waldbauern, degeneriert, aber schlau – und die Mutter hängt sehr an dem Kind.

DIR Also das mit den Müttern von Abnormitäten, das ist ein Kapitel für sich! Ein trübes Kapitel! Ich habe mal so ein Kind gehabt ohne Hinterkopf und die Mutter war direkt fanatisch auf das Kind – sie hat sich das vertraglich ausgedungen, dass sie mit dem Kind zusammen auftritt, derweil hat sie auf der Bühne direkt deplaziert gewirkt! Eine Affenliebe war das! So Mütter von Missgeburten die habens in sich, lieber Herr Spitz!

SPITZ Mit den nötigen Mitteln lässt sich da natürlich auch manches korrigieren – [Bl. 3]

DIR Unberufen! Ich habe zwar schon so manche Enttäuschung hinter mir, aber in einem derart gelagerten Falle hat es natürlich keinen Sinn kleinlich in puncto Zaster zu sein! Das wäre ja kaufmännisch grundfalsch. Lieber Herr Spitz! Packens Ihre Koffer und fahrens mit dem nächsten Zug, redens mit der Mutter und telegraphierens mir! Ich gehe bis zum Menschenmöglichsten!

SPITZ Gemacht! Also ich fahr dann heut abend gleich bis Prag und morgen früh weiter und abends bin dann bei Muttern, wie der Berliner sagt!

DIR Bukowina?

SPITZ *(lächelt)* Fast.

DIR Also glückliche Reise!

SPITZ Ich habe die Ehre! *(ab)*

DER LILIPUTANER Grüss Gott!

DIR *(wie für sich)* Mit dreissig Zehen – *(zum Liliputaner)* Heinrich! Halt den Daumen!

DER LILIPUTANER Unberufen!

DIR *(will ab – erblickt zum zweitenmal Emil; hält; fixiert ihn)* *(Stille)*

DIR Wie war doch gleich der werte Name?

EMIL Emil Wegmann.

DIR Stimmt! Sie haben sich telefonisch angemeldet – mit was kann man dienen?

EMIL Es dreht sich um eine Erfindung, die ich auf dem Gebiete des Schaustellerwesens gemacht habe – *(er zieht ein blaues Schulheft aus der Brusttasche)*

DIR *(unterbricht ihn)* Gehören Sie zur Branche?

EMIL Nein. Ich bin Student.

DIR Schon faul! Was studieren Sie?

EMIL Medizin. Aber heutzutag ist die allgemeine wirtschaftliche Lage wirklich nicht rosig und da ich kein Stipendium habe, weil mir die nötigen Verbindungen fehlen, beschäftige ich mich mit allerhand – man muss doch schliesslich vegetieren. [Bl. 4]

DIR Stipendium! Das les ich gestern in der Zeitung, dass der Staat auf jeden Studenten jährlich rund dreitausendfünfhundert Mark draufzahlt. Und wer ist der Staat? Die Steuerzahler! Und wer sind die Steuerzahler? Ich! Stipendium! Wer gibt mir ein Stipendium? Müssen Sie studieren? Wer kein Geld hat, soll nicht studieren und Schluss der Debatte! – Also gebens schon her Ihre Erfindung! *(er nimmt ihm das Schulheft ab)* Um was dreht sichs da?

EMIL Um ein neuartiges Karussel.

DIR Schon faul! Oberfaul! *(er gibt ihm das Schulheft zurück)*

Danke! Mit Karussels bin ich versorgt! Bringen Sie mir eine anständige Missgeburt und Sie kommen auf einen grünen Zweig! Habe die Ehre!

****

Fragmentarische Fassung des 2. Bildes

(Korrekturschicht)

[IN 221.001/8 – BS 45 b, Bl. 5–8]

[Text fehlt]
[Bl. 5]

primiert, nicht?

KAROLINE Ich trage ja dem auch Rechnung, dass unser Verhältnis, wenn das getrübt wird, dass an dieser Trübung nur die internationale Krise schuld ist, und weder Du noch ich –

KAS Glaubst denn Du, dass die int. Krise besser wird? Aufhört? Das erleben wir nichtmehr!

KAROLINE Ja, soll denn das immer so weitergehen?

KASIMIR Einen Dreck wird das anders! Ich kenne alle Parteien! Es gibt überhaupt keine Partei mehr, bei der ich noch nicht war, höchstens Splitter! Aber ich kann Dir sagen, das ist alles nichts! Es bleibt alles beim Alten! Überall diktieren die Schieber und die anständigen Leut markieren die blöden Hund!

KAROLINE Nein, ich kann mir das nichtmehr mitanhören!

KAS So! Dann kann ich ja gehen! *(ab)*

KAR Ich halt Dich nicht, wenn Du so grantig bist!

(er haut den Lukas – kommt dann zurück zu KAROLINE*)*

KAROLINE Warum hast mich denn solang jetzt warten lassen?

Jetzt wollen wir uns zerkrachen, wegen einem solchen Nichts?

KASIMIR Ich geh morgen stempeln und da ist es mir wurscht! *(ab)*

KAROLINE *(geht an den Eisstand und kauft sich ein Eis und schleckt auch)*

EMIL *(beobachtet sie schleckend)* [Bl. 6]

KAROLINE *(zu Emil)* Was schauns mich denn so blöd an?

EMIL Verzeihung! Ich hab an etwas ganz anderes gedacht!

KAROLINE Drum.

(Jetzt kommt wieder der Zeppelin)

KAROLINE Der Zeppelin –

EMIL Ja.

(Stille)

KAROLINE Der fliegt jetzt nach Oberammergau und dajetzt beschreibt er aber noch einige Schleifen!

EMIL Ja und dann kommt er wieder zurück und beschreibt wieder so einige Schleifen.

KAROLINE Sind Sie schon mal geflogen?

EMIL Ja.

KAROLINE Was ist das eigentlich für ein Gefühl?

EMIL Ein erhebendes. Man sieht die Erde unter sich und all die Menschen und den Schmutz und das Elend und wundert sich, dass die Menschen nichtmehr Frieden halten können.

KAROLINE Ja, Frieden. Also an den Frieden glaub ich nicht.

EMIL Menschlichem Ermessen nach, könnten wir schon im Frieden leben.

KAROLINE Geh, die Menschen sind doch solche Viecher!

(Stille)

KAROLINE Ich möcht mal mit der Achterbahn fahren.

DER ALTE STUNK Fahren Sie doch mit uns! Fräulein! Und Sie auch, Herr Emil! [Bl. 7]

V. MÜLLER, STUNK. KRACH, DER ALTE STUNK und DER ALTE KRACH *(kommen) (mit Ballons)*

STUNK *(entdeckt Emil)* Mensch, das ist ja der Emil! Frisst da

Eis! Servus, Emil! Du hast doch gerade gestern geschworen, dass Du nie aufs Oktober gehen wirst!

EMIL Stimmt. Ich bin ja auch nicht zum Vergnügen hier, sondern nur so

KRACH Willst wohl als Abnormität gehen?

EMIL Nein.

DER ALTE STUNK Wer ist denn das?

STUNK Das ist ein Kommilitone, Papa! Darf ich vorstellen – Emil Wegmann –

DER ALTE STUNK Angenehm! Stunk!

DER ALTE KRACH Krach!

V. MÜLLER von Müller!

EMIL Angenehm!

DER ALTE STUNK Und was ist das für ein nettes Kind da –

KRACH Ein hübsches Mädchen!

DER ALTE KRACH Jetzt war ich solang nicht auf dem Oktoberfest, aber die jungen Leut gehen noch immer mit den Mädchen – ganz wie zu meiner Zeit –

EMIL Wir zwei beide haben uns nur zufällig kennen gelernt.

DER ALTE STUNK Kann ein jeder sagen!

KAROLINE Was der Herr sagt, ist richtig!

DER ALTE KRACH Also Zufall oder nicht Zufall – Ihr fahrt jetzt alle mit uns auf der Achterbahn – *(sie stellen sich Karoline vor)*

EMIL Leider. Ich muss hier noch warten – ich hab mich verabredet

KAROLINE Und ich bin auch verabredet – meine Eltern warten im Augustiner – Ich wollt eigentlich nur ein Eis essen –

V. MÜLLER Und dann sind Sie mit der Achterbahn gefahren –

ALTER STUNK Mit uns!

V. MÜLLER Aber die Achterbahn macht doch nichts aus – paar Minuten und alles ist rum –

LILI *(kommt)* Herr Wegmann – (usw) [Bl. 8]

STUNK Was hat er denn von Dir wollen?

EMIL Nichts. Jetzt fahr ich mit der Achterbahn –

DER ALTE KRACH Und das Fräulein kommt auch mit – jetzt werden bald die Lichter angezündet und es ist schön so oben auf das Lichtmeer herabzusehen.

KAROLINE Eigentlich wollt ich ja nur ein Eis essen, aber gut –
EMIL Kommens nur mit, Fräulein – jetzt ist schon eh wurscht!
V. MÜLLER Vorwärts!

****

Fassung des 3. Bildes
(Korrekturschicht)

[IN 221.001/8 – BS 45 b, Bl. 9–15]

[Bl. 9]

Drittes Bild

Beim Wagnerbräu. Grosse Stimmung. Es ist bereits dunkel geworden. An dem einen Tische sitzen Papa und Mama, die Rosa Schürzinger und der Jakob Schürzinger.

ALLES *(Singt)*
So lang der alte Peter
Eins, zwei, drei – gsuffa!

ROSA *(zur Mama)* Warum trinkt er denn nichts, der Papa?
MAMA Weil er heut schlechter Laune ist.
ROSA Was ist ihm denn übers Leberl gekrochen? Schlechte Laune bei die Mannsbilder gibts nichts! Da hast ihm halt nicht richtig gezogen – da hab ich den Meinigen schon besser an der Kandarre!

MAMA Mein Gott, es ist ja kein Kinderspiel, das mit unserer Karolin – da schlagts die gute Partie aus und hängt sich an den Kasimir, der wo hint und vorn nichts hat –

ROSA Das schon! Aber er ist doch ein tüchtiger arbeitssamer Mensch –

MAMA Das schon! Aber seit gestern ist er abgebaut –

ROSA Auweh, auweh –

MAMA Und in der heutigen Zeit, wo alles wackelt – – *(Ab)*

JAKOB Du, Heinrich! Kannst Du mir das Phänomen erklären, warum dass die Weiberleut immer zu zweit verschwinden?

PAPA Das weiss ich nicht!

JAKOB Möchst es wissen?

PAPA Nein!

JAKOB Warum bist denn heut so grantig?

PAPA Grantig? Ich? Ich lache ja direkt, ha, ha, ha –

JAKOB Nichts für ungut, Heinrich! Prost! [Bl. 10]

PAPA Prost! – Kellnerin! Jetzt wart ich schon so lang auf meine zwei Dicke, dass mer der Appetit schon vergangen ist, Herrgottsakrament!

KELL Ich brings schon! Ich brings schon!

JAKOB Es ist das eine schlechte Bedienung hier.

PAPA Früher war das anders.

JAKOB Früher hatte auch so manches seine Schattenseiten. Wenn man bedenkt, zum Beispiel das preussische Dreiklassenwahlrecht –

PAPA Aber die Bedienung war besser, Herrgottsakrament! Was scheiss ich mich um die Preussen!

ALLGEMEINER GESANG Ein Prosit ein Prosit der Gemütlichkeit!

ROSA und MAMA *(kommen zurück)*

(Fanfarenklänge)

KASIMIR *(erscheint)*

JAKOB Jessas, der Kasimir!

(Stille)

MAMA Wo hast denn die Karolin?

KASIMIR Ich habe gemeint, dass sie hier ist.

PAPA Hier ist keine Karolin.

KASIMIR Wir haben uns nämlich verloren auf der Wiese im Gedränge – und jetzt suchen wir uns gegenseitig – sie wird mich jetzt wahrscheinlich noch suchen –

PAPA Wahrscheinlich!

MAMA Ja, dann suchens halt noch weiter, Herr Kasimir!

KASIMIR Ja, dann werd ich nochmal schauen – aber bei die vielen Leut da draussen, bis da eine findest, das ist ein Zufall –

ROSA Vielleicht habens Glück, Herr Kasimir!

KASIMIR Brauchen könnt ichs! *(ab)*

(Stille)

JAKOB Dieser Kasimir ist ein netter Mensch, ein feiner Mensch. Ich hab ihn [Bl. 11] gern. Ich hab so feine Menschen gern. Er ist sicher sehr tüchtig.

(Stille)

JAKOB Ein zartbesaiteter Mensch ist das. Ich bin amal mit ihm spazieren gegangen und da hat er einen Gaul bemitleidet, weil der Kutscher ihn geschlagen hat. Einen Gaul, meine Herrschaften! Und derweil ist er selber Chauffeur! Man muss das zu würdigen wissen!

(Stille)

JAKOB Der Karolin kann man nur gratulieren. Nur gratulieren.

ROSA Geh halt doch Dein Maul!

JAKOB Ja, erlaube –

ROSA Du sollst jetzt Dein Maul halten, gelt? Sonst werd ich grantig!

JAKOB Also das ist die Höhe!

ROSA Ob Du jetzt still sein willst! Du kennst mich, Du Krüppel, gelt?

JAKOB Ich weiche nur der Gewalt. Nur der Gewalt!

ROSA Jetzt hast wieder lang genug geredet. Verstanden? Jetzt ist das Pensum wieder voll! Jetzt lass andere reden!

JAKOB Bitte –

ROSA Immer muss er das letzte Wort haben –

JAKOB *(sauft)*

PAPA Also das von wegen gratulieren: gratulieren kann der Karolin niemand zu dieser Verbindung. Kein Mensch! Und ihren Eltern, das sind wir, auch nicht. Auch kein Mensch! Ich war immer gegen diese Verbindung! Was hat sie jetzt? Ich war immer dagegen, dass sie diesen Kerl heiratet, den Chauffeur – ich war immer dafür, dass sie möglichst einen Beamten heiratet – aber nein! Akkurat auf diesen Kasimir hat sie sich versessen! Jetzt ist er abgebaut!

MAMA Mein Gott, das ist halt die Liebe!

PAPA Man darf halt nicht so blind seinen Gefühlen nachgehen! Wenn Du damals [Bl. 12] so blind Deinen Gefühlen nachgegangen wärst – Gute Nacht! Dann wärst heut unterm Rad vielleicht, aber keine pensionierte Lokomotivführersfrau!

JAKOB Heutzutag ist der Staat auch nichtmehr so sicher.

ROSA Das ist ein Quatsch! Wir brauchen wieder ein Militär! Der Staat ist nicht sicher, weil ihn die Juden beherrschen – in dem Moment, wos keine Juden mehr gibt, ist wieder alles sicher! Die Juden und die Jesuiten! Und die Freimauerer! Die unterhöhlen alles – meinst, dass da unter uns nicht alles unterhöhlt ist? Eines Tages trinkst Dein Bier und fliegst in die Luft!

JAKOB *(macht eine geringschätzige Handbewegung)*

ROSA Du dass ich feil keine solche geringschätzige Handbewegung mehr seh – sonst schmier ich Dir eine –

JAKOB *(trinkt)*

ROSA Die Staaten müssen wieder radikal national werden – und alle diese nationalen Staaten müssen dann international werden zum Schutze der weissen Rasse! Sonst kommen die Mongolen!

PAPA Also das mit die Mongolen interessiert mich jetzt nicht! Keineswegs! In der heutigen Zeit muss man praktischer denken – – Die Karolin, meine Tochter, rangiert bei mir vor deinen Mongolen, das Hemd liegt mir näher als der Rock! Und ich habe meinen Entschluss gefasst: die Karolin muss fort von dem Arbeitslosen! Sie soll einen Beamten heiraten! Schluss! Punkt! Amen!

KASIMIR *(kommt)* War die Karolin noch nicht da?

MAMA Nein.

KAROLINE *(kommt mit den Studenten)*

KAROLINE *(zu den Studenten)* Also ich dank Ihnen dann vielmals für die Achterbahn und den Liquer – es war sehr schön. Dort sitzen meine Eltern!

(Allgemeines Grüssen – Studenten setzen sich)

KAROLINE *(zu Papa)* So! Ich hab mich etwas verspätet, weil ich mit der Achterbahn gefahren bin und dann hab ich auch noch geschossen und hab das da gewonnen *(einen Stofflöwen)* im japanischen Ringwerfen – Ist der Kasimir nicht da? [Bl. 13]

PAPA Er war schon da und sucht Dich.

MAMA Er hat gesagt, ihr habt Euch verloren –

KAROLINE Ist ja garnicht wahr! Wir haben uns zerkracht!

PAPA Soso! Zerkracht!

KAROLINE Ja, weil er halt wiedermal so ungalant war!

PAPA Chauffeur bleibt Chauffeur!

KAROLINE Geh red doch nicht immer so blöd daher, Papa! Du bist ein Lokomotivführer! Und da ist kein Unterschied!

PAPA Da ist ein gewaltiger Unterschied! Ich hab Pension! Und dann kann ich nicht abgebaut werden –

KAROLINE Also wennst jetzt gleich wieder so anfangst – –

MAMA Aber geh, Karoline, setz Dich her – Wer sind denn die Herren dort drüben?

KAROLINE Die hab ich durch Zufall kennen gelernt. Das sind Akademiker. Ich wollt eigentlich nur ein Eis essen – und dann ist der Zeppelin vorbeigeflogen – und wir sind so ganz von nichts in das Gespräch gekommen –

MUSIK

Kennst Du das Tal im Alpenglühen
Wo abends leis die Wolken ziehn –
Die Quelle brausend niederrauscht
Der Jäger kühn das Wild belauscht
Wos Alpenhorn so lieblich schallt
Und von den Wänden wiederhallt
Dort wo die Glocken
Klingen so hell

In diesem Tal liegt Bayrischzell
In diesem Tal liegt Bayrischzell

DER ALTE STUNK Ein nettes Mädel – Kinder, da kommen mir die Erinnerungen an meine Studienzeit, aber die Achterbahn hat mir den Appetit verdorben! Einen doppelten Kirsch! Fünf! Sechs doppelte Kirsch!

EMIL Ich danke nein!

STUNK Geh, Emil! Sauf! Jetzt hast mal Gelegenheit! Auf eine bessere Zukunft!
(Sie saufen)

EMIL Ich vertrag nämlich keinen Alkohol – da werd ich ganz anders –

V. MÜLLER Da kommt der wahre Mensch zum Vorschein!

EMIL Der wahre Mensch – *(er rezitiert Rilke)*

STUNK Was ist das?

EMIL Rainer Maria Rilke. *(er setzt sich)* [Bl. 14]

STUNK Ein komischer Kerl –

ALTER KRACH Warum holt Ihr das Mädel nicht herüber? In meiner Jugend – na traut sich einer!

KRACH Ich hätt einen Plan – er und die Karolin, die bringen wir zusammen
(leise besprechen; Lachen)

V. MÜLLER He, Emil! Wie gefällt Dir das Mädel?

EMIL Sehr.

STUNK Warum hast Du eigentlich kein Mädel?

EMIL Das ist nicht so leicht zu erklären –

KRACH Ein Weib versüsst den Aufenthalt –

EMIL Das schon – aber ich hab bisher nur Pech gehabt, verstehst Du?

STUNK Ich glaub, Dir fehlts an Mut.

EMIL *(lächelt)* Oh, nein!

KRACH Dann geh jetzt zu ihr hinüber und bitte sie an unseren Tisch.

EMIL Gemacht! *(er geht hinüber)* Darf ich, verzeihen Sie, wir dürfen Sie doch einladen zu einem Gläschen Alkohol –

KAROLINE Aber ich danke, Herr Wegmann!

EMIL Erlauben, dass ich mich vorstell! Wegmann!
PAPA Sehr erfreut!
EMIL Sie werden doch nichts dagegen haben?
MAMA Aber bitte!
KAROLINE Nein. Wenn jetzt nämlich der Kasimir kommt –
PAPA Nacher wird er schon nicht soviel melden! Warum sollst Du keinen Schnapps trinken! Bitte! Studierte Leut sind immer eine gute Gesellschaft!
EMIL Darf ich bitten! *(er geleitet sie hinüber)*

GESANG
Ich schiess den Hirsch im wilden Forst
(usw)

KASIMIR *(erscheint; überblickt die Situation – tritt an den Tisch)* Verzeihung! Darf ich Dich einen Moment sprechen!
KAROLINE Bitte –
KASIMIR Was sind denn das für Herren da? [Bl. 15]
KAROLINE Bekannte.
KASIMIR So. Bekannte. Und Du riechst nach Schnapps. Gute Nacht!
KAROLINE Jetzt vergönn mir doch auch ein bisserl was, ja?!
(Stille)
KASIMIR Ich vergönn Dir alles. Siehst. Jetzt hab ich Dich um Verzeihung bitten wollen, dass ich Dich zuvor stehen gelassen hab – aber jetzt tu ichs nichtmehr. *(er entdeckt den Affen)* Was hast denn da?
KAROLINE Das ist ein Aff.
(Stille)
KASIMIR Wieso?
KAROLINE Weil ich den gewonnen hab. Weil ich halt eine sichere Hand hab.
KASIMIR Eine sichere Hand hab ich auch.
KAROLINE Aber kein Glück.
KAROLINE Da kann man nichts machen!
(Stille)
KASIMIR Komm!
KAROLINE Warum soll ich denn jetzt kommen?

KASIMIR Wenn Du das nicht weisst, dann allerdings muss ich meinen – hat er wieder gehetzt gegen mich, der Alte?
KAROLINE Red nicht immer so von Papa!
KASIMIR Also das auch noch!

EMIL *(der die ganze Zeit schon aufgehetzt worden ist von den Anderen)* Also Fräulein Karolin – wollen wir jetzt gehen?
KAROLIN Ja.
KASIMIR Wohin?
KAROLINE Die Herren hier haben mich nur eingeladen, dass wir uns anschauen die Abnormitäten – Du weisst doch, dass diese Abnormitäten eine Schwäche von mir sind –
KASIMIR Jetzt bleibst da!
V. MÜLLER Oho!
KASIMIR Ja wie hätten wir es denn da?!
V. MÜLLER Stellen Sie sich uns mal gefälligst vor, Herr! Bevor Sie mit uns reden!
KASIMIR So. Alsdann. Geh nur zu Deine Abnormitäten – geh nur.
KAROLINE Ich geh auch schon. Ich geh. *(ab mit den Studenten)*
GESANG
Ein Prosit, ein Prosit der Gemütlichkeit!

******

Fassung des 4. Bildes

(Korrekturschicht)

[IN 221.001/8 – BS 45 b, Bl. 16–18]

[Bl. 16]

<u>Viertes Bild</u>

In der Abnormitätenbude. Publikum. Karoline und die Herren Akademiker.

AUSRUFER Als fünftes ich darf Ihnen nun erklären den Mann mit dem Buldoggkopf.

BULLDOGG *(erscheint)*

AUSRUFER Er wird künstlich ernährt. Er kann den Mund nicht aufmachen – sonst würde er ihn nichtmehr zusammenbringen. Sie können hier sehen, was die Natur beliebt und welche seltsame Menschen auf unserer Erde hausen.

BULLDOG *(ab)*

AUSRUFER Wir kommen jetzt zur 6. Nummer und damit zum Clou unserer Serie! Juanita, das Gorillamädchen!

JUANITA *(erscheint)*

AUSRUFER Juanita wurde in einem kleinen Dorfe bei Zwickkau geboren. Ihr Vater war Dompteur, ihre Mutter erschrack über einen Gorilla – ihre Haut tierischer Haarwuchs, auch im Gesicht. Die inneren Organe sind wie bei einem Tier –

RUF *(aussen)* Der Zeppelin! Der Zeppelin!
(Ohrenbetäubendes Surren)

ZUSCHAUER *(stürzt hinaus in das Freie)*
(Und nun fliegt der Zeppelin in einer ganz geringen Höhe über dem Oktoberfest und beschreibt einige Schleifen)

JUANITA *(will auch hinaus)*

AUSRUFER Zurück! Was fällt Dir ein?

JUANITA Der Zeppelin, der Zeppelin –

AUSRUFER Aber das geht doch nicht –

JUANITA Nur durch eine Ritze!

AUSRUFER Zurück! Unmöglich! Ausgeschlossen! Zurück!

DER BULLDOGG *(kommt und noch andere Abnormitäten, dicke Dame, Frau mit Bart, Riese, usw)*

LILIP *(erscheint auf der Bühne mit einer Hundepeitsche)*

AUSRUFER Ja was fällt Euch denn ein?!

DIE DICKE DAME Der Zeppelin. Der Zeppelin –

AUSRUFER Direktor! Die Krüppel sind wahnsinnig geworden! Sie möchten den Zeppelin sehen! [Bl. 17]

LILI Was?! Zeppelin?! Werdet Ihr gleich zurück! Aber sofort! Was fällt Euch denn ein?!

GORILLAMÄDCHEN Einen solchen Kontrakt haben wir nicht unterschrieben – wir können nicht immer im Stall sitzen, wir möchten auch mal was sehen?

LILIPUTANER[5] Das ist Vertragsbruch! Ihr braucht keinen Zeppelin, Missgeburten! Revolution! Das ist ja Bolschewismus! Zurück!! Wenn Euch alle sehen können, dann ists bald rum mit dem Geldverdienen! Marsch!!

GORILL Also beschimpfen lassen wir uns nicht!! *(Sie weint)*

DER BULDOGG *(röchelt und fasst sich ans Herz)*

DIE DICKE Franz! Der arme Franz!!

LILI Raus mit Euch!!

DIE DICKE Der arme Franz – er hat doch so ein schwaches Herz – – – *(sie ziehen sich zurück)*

LILI Da kommen schon welche zurück! Zurück!! *(Abnormitäten ab bis auf das Gorillamädchen, das sich apathisch setzt)*

LILI Dieser Scheisszeppelin! *(ab)*

DIR Also nur nicht weinen, kleine Juanita – hier hast Du Bonbons – – Schöne Bonbons –

GORILLAMÄDCHEN Du sollst mir nicht immer Missgeburt sagen. Ich bin ja ein fröhlicher Mensch, aber ich mag das nicht hören.

DIR Du bist den anderen überlegen. Nicht zuletzt, weil Du ein gutes Herz hast – – [Bl. 18]

(Inzwischen hat sich wieder alles gefüllt)

AUSRUFER Wir setzen unsere Darbietungen fort. Juanita, das Gorillamädchen ist vollständig normal gebaut. Sie kann auch reden – ja, sogar singen. Zum Beweis wird sie Ihnen etwas vorsingen, eine Arie aus der Oper »Hoffmanns Erzählungen« *(er setzt sich an das ausgeleierte Piano und begleitet sie)*

JUANITA *(singt und während sie singt legt Schürzinger seine*

5 LILIPUTANER] DIREKTOR

Hand um Karolines Taille und fusselt dabei mit ihr auch ihre Waden res. Schienbeine berühren sich)
Liebesnacht, ach süsse Nacht
Ach stille mein Verlangen –
(usw)

KASIMIR *(tritt ein und horcht) sucht mit den Blicken Karoline, die jetzt in der hintersten Reihe sitzt – und Emil hat seine Hand auf ihre Schulter gelegt) – auch andere Paare nähern sich)*

*****

Fassung des 5. Bildes

(Grundschicht)

[IN 221.001/8 – BS 45 b, Bl. 24–30]

[Bl. 24]

<u>Fünftes Bild</u>

Im Hippodrom.
Tische auf einer Estrade, grosser Betrieb. Die Pferde sieht man nicht, man hört aber die Musik, die nach den Runden immer wieder mitten im Takt abbricht.

SPEER, RAUCH, ERWIN, PETER, V. MÜLLER, KAROLINE und EMIL *(sitzen droben)*

ALLE *(sehen zu; der alte Speer steht auf einem Stuhl)*
RAUCH *(zu Karoline)* Na Fräulein, wollen wir denn nichtmal reiten?
KAROLINE Gern! Ich reit sehr gern! Voriges Jahr, da bin ich oft geritten, einmal gleich fünfmal hintereinander – aber nur im Herrensattel, da hat man so einen festeren Halt.

RAUCH Richtig!

KAROLINE Ich möcht überhaupt lieber ein Mann sein und in einer anderen Zeit leben! So in einer Zeit, wo die Burgfräuleins ausgeritten sind

SPEER So als Burgfräulein, was? Pferde sind doch was viel Schöneres, als wie Maschinen! Zum Beispiel Auto!

KAROLINE Oh, ein Auto ist schon auch was ganz Schönes! Mein früherer Bräutigam war Kraftwagenführer und wir haben oft Ausflüge miteinander gemacht! Ich kenn die Marken am Geräusch, aber selber fahren kann ich nicht.

RAUCH Hat er Ihnen denn keinen Unterricht erteilt?

KAROLINE Nein. Er hat gesagt, dazu braucht man einen Führerschein. Er ist ein sehr ein gewissenhafter Mensch. Trotzdem ist er jetzt arbeitslos.

RAUCH Also reiten, Fräulein! Reiten!

SPEER Und dann fahren wir mit dem Auto!

RAUCH Mit einem Buick! [Bl. 25]

SPEER Wieso Buick?

RAUCH Das ist ein Witz. Beischlafutensilien im Koffer.

SPEER *(lacht)*

KAROLINE Pfui!

RAUCH *(klopft ihr auf den Popo)* Also nur nicht kleinlich werden! Man ist nur einmal jung!

KAROLINE *(ab)*

RAUCH Ich versteh die Jugend nicht? Jetzt sitzt da so ein nettes Mädchen – und sie kümmern sich nicht darum! Hat man schon sowas gehört! Peter! Was soll denn das?

PETER Ja, Papa?

RAUCH Warum setzt Ihr Euch so abseits und schneidet Gesichter wie nur was?

PETER Wir interessieren uns nicht für die Dame.

RAUCH Hat man schon sowas gehört!

PETER Der wahre Grund: Du kannst es von uns nicht verlangen, dass wir uns mit einem Kommunisten an einen Tisch setzen!

RAUCH Aber was geht mich der an! Das Mädchen ist doch da!

PETER Es ist das eine Prinzipienfrage bei uns.

RAUCH Na nur zu!

SPEER Man kann die Entwicklung bedauern oder begrüssen. Aber der Liberalismus stirbt.

PETER Die Alten sind ganz aus dem Häuschen! Besonders der meine! Die kennen überhaupt keine Grenzen mehr – sie haben zuviel gesoffen!

ERWIN Wir werden auf sie aufpassen müssen.

V. MÜLLER Ja, und der Emil dort – das hat uns noch gefehlt! Die Alten sind im Stande und blamieren die ganze alma mater!

PETER Prost! [Bl. 26]

EMIL *(hat Karoline abgepasst)* Auf ein Wort, bitte!

KAROLINE Ja, Du.

EMIL Bitte trink nicht soviel.

KAROLINE Warum denn nicht?

EMIL Ich bin jetzt wieder etwas nüchterner geworden. Mach mir doch bitte den Gefallen und komm mit mir nachhause. Hier, das ist keine Gesellschaft für Dich. Die nützen Dich ja nur aus – die benehmen sich ja zu Dir wie die Schweine.

KAROLINE Also genau, wie der Kasimir – Es fällt mir garnicht ein, dass ich jetzt nachhaus geh – warum willst Du mir denn auch das Vergnügen verpatzen?

EMIL Das ist Deiner nicht würdig da.

KAROLINE Also das hab ich nicht gern! Ich will das jetzt nichtmehr hören! Heut abend möcht ich mal leben! Ich reit jetzt nochmal!

EMIL Bitte reite nichtmehr.

KAROLINE Warum soll ich denn nichtmehr reiten? Ich will aber reiten! Ich reit jetzt noch fünf bis sechsmal! So darfst Du mit mir nicht anfangen, Du musst mir schon einige Freiheit gönnen!

SPEER Halloh! Prost!

KAROLINE Nein, danke, ich kann jetzt kein Bier mehr trinken! Ich möcht jetzt einen Samos.

RAUCH Einen Samos!

KAROLINE Halt! Emil! Wo gehst Du hin?

EMIL Nachhause.
KAROLINE Nein!
EMIL Ja.
RAUCH So lass ihn doch!
KAROLINE Nein! Ich will, dass er hierbleibt! Aber er macht mir immer Vorwürfe!
RAUCH Warum denn?
KAROLINE Er will nicht, dass ich reite! [Bl. 27]
SPEER Ist das ein kommunistisches Prinzip?
(Stille)
EMIL Nein.
SPEER Ich dachte schon, dass die Kommunisten nicht reiten.
EMIL *(geht an den Tisch und setzt sich)* Sie wünschen, Herr Geheimrat?
SPEER Ich dachte jetzt über die kommunistische Reiterei. Auch in Russland gibt es Kavallerie, junger Mann! Und nicht zu knapp! Bilden Sie sich nur ja nicht ein, dass die kein Militär haben!
EMIL Gottseidank haben die ein Militär!
SPEER Aber wir dürfen kein Militär haben, was?
EMIL Das ist etwas anderes! Wir sind Imperialisten!
SPEER Feine Idee! Kavallerie! Kavallerie!
EMIL Ach lassen Sie doch das dumme Geschwätz, Sie! Sie wollen ein Professor sein und dabei haperts bei den Grundlagen?! Wissen Sie denn nicht, dass im Weltkrieg zum Beispiel der Krupp sein Nickel von dem französischen Nickelsyndikat bezog? Und zwar über Norvegen! Und dass Krupp an Vickers ein deutsches Patent abgetreten hat für die Zünder der englischen Granaten? Und dass die englische Flotte am Skakerrag mit optischen Instrumenten ausgestattet war, die eine deutsche Firma während des Krieges an England lieferte. Und dass der Stacheldraht vom Fort Douamont, in dem tausende Deutsche verbluteten, ist Frankreich einen Monat zuvor von einem deutschen Haus geliefert worden?! Und ein solches parasitäres Gesindel herrscht noch immer bei uns! Und Sie, jawohl Sie, Sie beschützen das!
(Stille)
SPEER Der junge Mann redet wie ein Buch.

EMIL Lernen Sie mal was, bevor Sie Universitätsprofessor werden, Sie!

RAUCH Ruhe! Ruhe! Krieg ist ein Naturgesetz! Sie haben ja keine Ahnung von der Mystik! Ich verbitte mir da Ihre Gedankengänge! Dass Sie mir nur ja nicht das Grosskapital beschimpfen, hier an meinem Tisch!

EMIL Sie Lustgreis!

KAROLINE *(kommt wieder zurück vom Reiten)* Was habt Ihr denn da? [Bl. 28]

SPEER Dieser junge Herr betreibt hier eine Propaganda an unserem Tisch!

RAUCH Nichtmehr an unserem Tisch! Wählen Sie Fräulein, der oder wir?

KAROLINE Mein Gott, Ihr seid ja alle betrunken. Wenn die Männer glücklich sind, dann reden sie gleich dummes Zeug daher.

EMIL Das war kein dummes Zeug.

KAROLINE Natürlich! Jetzt lass doch mal Deine Politik! Was willst denn da? Wir wollen doch mal leben und frei sein! Alles vergessen!

EMIL Dann kann ich ja gehen.

KAROLINE Dann geh, wenn Du so fad bist!

EMIL *(will ab)*

V. MÜLLER *(stellt sich ihm in den Weg)* Herr! Sie hatten zuvor die Frechheit den Vater meines Freundes zu beleidigen! Wenn Sie nicht augenblicklich verschwinden, dann können Sie aber was erleben!

EMIL Weg!

V. MÜLLER Sie sind ja nicht satisfaktionsfähig, Sie Schwein!

EMIL *(gibt ihm eine Ohrfeige)*

V. MÜLLER *(weicht zurück)*

EMIL Das ist für das Schwein. Verstanden?

ORDNUNGSMANN *(kommt)* Hier gibts keine Prügelei, meine Herren! Bitte, verlassen Sie das Lokal!

EMIL Ich geh schon. *(ab)*

V. MÜLLER Der Hund hat mich in das Auge getroffen.
PETER Komm, wir wollen mal nachschauen *(ab mit Müller und Erwin)*

KAROLINE Nein. Jetzt ist es aus, sowas. So ein Raufbold. Das hätt ich nicht gedacht. Schlägt da einfach zu, das ist doch wirklich keine Kinderstube mehr. Ich freu mich, dass er weg ist! Eine Enttäuschung mehr!
RAUCH Dafür hast Du ja uns –
KAROLINE Sie sollen mich nicht immer duzen. [Bl. 29]
RAUCH Aber ich bin doch Dein Papa, oder?
KAROLINE Papa – das geht. Ich möcht noch einen Samos. Ein Wasser. Ich hab jetzt so einen zugepickten Mund.
SPEER Ich werd mal nachsehen, was die Jungen machen. *(ab)*

RAUCH Na, wie war das Reiten?
KAROLINE Schön.
RAUCH Ich hätte ja einen Vorschlag – einen ganz einen gediegenen Vorschlag – – *(er flüstert ihr ins Ohr)*
KAR Nein. Oh nein.
RAUCH *(flüstert)*
KAR Und?
RAUCH *(flüstert)*
KAR Nein. Aber wieso?
RAUCH *(flüstert)*
KAR Was?
RAUCH *(flüstert wieder und betrachtet sie grinsend)*
KAR Was? Du Sau, Du dreckige! Sowas nimmt man doch nicht in den Mund! Du Tobsau!
RAUCH Halt Deinen Mund!
KAR Du Sau!
RAUCH *(schüttet ihr das Bier ins Gesicht)*
KAR *(erhebt sich und ab)*

SPEER *(kommt; setzt sich)*
RAUCH Eine solche Sau. Macht da fast einen Skandal. Unglaublich.

SPEER So.

RAUCH Was hast Du denn?

SPEER Furchtbar. Ich bin noch ganz erschüttert.

RAUCH Was ist denn los?

SPEER Nein, das hätt ich nie gedacht – Ich muss es Dir sagen – Zuvor, haben wir doch uns noch gewundert, dass unsere Jungen keinen Sinn für das [Bl. 30] Mädel haben – und der Peter sagte, weil dieser Kerl ein Kommunist ist. Aber jetzt hab ich gerade den Erwin auf der Toilette überrascht, wie er diesem von Müller einen Kuss gegeben hat – denk Dir, einen Kuss. Pervers. In meiner Familie. Der wird keinen Jungen kriegen. Der einzige Junge! Und dabei stammen wir aus Westfalen –

RAUCH Dann ist der meine auch –

SPEER Ja. Widernatürlich.

(Stille)

RAUCH So ist das Leben. Und es kommt nichtmehr. Wir gehen alle der Grube zu. Und oft hör ich so eine Stimme, die sagt – Du bist 58 Jahre alt, Du hast viel erreicht, bist Dr. h. c. undsoweiter – und dann fragt die Stimme, wie lange wirst Du noch leben Franz Rauch?

KAROLINE *(kommt wieder; begleitet von Emil)* Ich habe meine Tasche hier gelassen – die möcht ich noch haben.

SPEER Hier ist keine Tasche, Fräulein!

KAROLINE Aber die muss da sein!

RAUCH Nein!

ERWIN, PETER UND MÜLLER *(kommen)*

PETER Vielleicht hat sie der Herr Kommunist enteignet?

EMIL Ich? Sag das nochmal! *(er nähert sich ihm)*

V. MÜLLER *(schlägt ihm von hinten einen Bierkrug auf den Kopf)*

EMIL *(bricht zusammen)*

KAROLINE Halt! *(sie schreit; Tumult)*

ORDNUNGSMANN *(kommt)* Was ist hier los?

V. MÜLLER Dieser Kommunist belästigt uns in einer Tur!

ORDNUNGSMANN. Kommunist?
PETER Ja. Wieder wollte er mich angreifen.
ORDNUNGSMANN Also ab! Wir bringen ihn auf die Sanitätswache.

****

Fassung des 6. Bildes
(Grundschicht)

[IN 221.001/8 – BS 45 b, Bl. 31–35, 38–39]

[Bl. 31]

Sechstes Bild

In einem Bierpalast. Der Merkl Franz und seine Erna und Kasimir.
Blechmusik.

ALLES *(ausser Kasimir; singt)*
Solang der alte Peter

Eins, zwei drei gsuffa!

DER MERKL Prost Kasimir! Sauf, damit Du was wirst!
KASIMIR Ich sauf ja eh! Was soll ich denn auch schon werden! Ich bin Kraftwagenführer mit dem Führerschein eins a und habe das grosse Unglück arbeitslos zu sein! Gibts eine Besserung? Ist mir jetzt schon alles wurscht! Verlierst Deine Braut und machst taktische Fehler! Aber ich hab es schon gesagt, ich habe nurmehr zehn Mark zwanzig – aber ich bin heut so verzweifelt – und heut sauf ich mir einen an, alles, mein ganzes Kapital! Heut bin ich in einer solchen Stimmung, meine Herrschaften! Heut sauf ich mich an und morgen erschiess ich mich, und dann werden die Leut sa-

gen, es hat einmal einen braven guten lieben Kasimir gegeben, der war arbeitsam, ehrlich anständig zu seinen Kollegen und er hat nach dem Guten getrachtet und das Böse verabscheut, armer Kasimir, es hat nicht sollen sein, werden die Leut sagen!

DER MERKL Einen Dreck werden die Leut sagen!

KASIMIR Oho!

DER MERKL Wer soll denn das schon sagen? Du hast doch niemand! Da ster-[Bl. 32]ben täglich tausende – keiner denkt, morgen sinds alle vergessen! Vielleicht dass Du zwei Zeilen in der Zeitung hast, aus wirtschaftlicher Not sich entleibt – – Vielleicht, wann Du noch ein politischer Toter wärst, nachher tätst noch mit einem Pomp begraben werden, aber schon morgen vergessen, vergessen!

KASIMIR Ja, man ist allein. So allein – – und das Weib verlässt einen auch, wegen einer Achterbahn und wegen ein paar Akademiker! Mist, Dreck! Herrgottsakrament, am liebsten tät ich jetzt heim zu ihr, ihr alle Kleider aus dem Schrank reissen und sie zerreissen und dann ihr mal die Gurgel herdrucken! Wenn das jetzt noch lang dauert, dann werd ich elementar!

MERKL Es gibt für Dich nur einen Weg: folge mir – meinem Beispiel. Du wenn Du Geld hast, hast auch Weiber genug –

ERNA Oho!

MERKL Halts Maul! Wenn ich Dir sag, Kasi, Du musst nur Geld haben –

KASIMIR Das schon! Aber dann fehlt etwas – mit dem Geld kannst du alles, aber nicht die Seele kaufen –

MERKL Ich scheiss Dir was auf die Seele, sentimentales Mannsbild! Zuwas brauchst Du eine Seele! Du Trumm Mensch! Du brauchst was für Deine Eingeweide! Und dazu braucht man Geld! Alles kann man um das Geld kaufen, nur die Jugend bekanntlich nicht! Und Du verlierst so Deine Jugend! *(Stille)*

KASIMIR Nein! So private Aktionen haben keinen Sinn!

MERKL Nacher renn nur weiter nach Deinen Idealen! Zusammenschluss und Solidarität! Ich hab mal einen Streik geleitet bei einem Bau, und nacher habens mich ausgestellt, und die Herren Kollegen haben nichts getan, weil sie gesagt haben, das ist ein wilder Streik!

KASIMIR Ich hätt schon was getan, kannst Dich drauf verlassen!

MERKL Weil Du eine Ausnahmenatur bist, genau wie ich!

KASIMIR Meinst?

MERKL *(hält ihm die Hand hin)* Abgemacht!

KASIMIR Das weiss ich jetzt noch nicht – [Bl. 33]

ALLES *(singt jetzt)*

Und blühen einmal die Rosen
Ist der Winter vorbei
Nur der Mensch hat alleinig
Einen einzigen Mai
Und die Vöglein sie ziehen
Und kommen wieder her
Nur der Mensch bald er fortgeht
Nacher kommt er nichtmehr!
(Tanz)

KASIMIR So! Jetzt werd ich aber ganz eckelhaft! Her mit die Weiber! Darf ich bitten, kommts einmal her zu euerem Galan!

ELLI und MARIA *(setzen sich ihm auf die Kniee)*

ELLI Hast auch was zum Trinken?

KASIMIR Da sauf!

ELLI Da ist ja nichtsmehr drin!

KASIMIR Nacher möcht ich ein neues Bier!

MARIA Und essen möcht ich auch was, ich hab so Hunger!

KASIMIR Friss! Sauf!

ELLI Du bist ein schneidiger Mensch, Herr Nachbar!

KASIMIR Und ob! Jetzt saufts und frisst, und dann –

MARIA Und dann?

KASIMIR Nacher gehn mer! In ein Hotel! Wann hier Polizeistund ist!

ELLI Soso – –

MARIA Nein, ich bin noch Jungfrau –

KASIMIR Wieso?

MARIA So halt.

KASIMIR Wie kommt denn das?

MARIA Das weiss ich nicht.

ELLI *(gibt Maria einen Kuss)*

KASIMIR Net so lang! Ihr seids doch nicht pervers! Da bin ich einmal mit zwei so Perversen im Auto gefahren nach Feldafing, das waren sehr vornehme [Bl. 34] Damen, aber ausgefallene Naturen!

ELLI Hast Du denn ein Auto?

KASIMIR Und was für ein Schönes! Einen Kompressor!

ELLI Geh da nimmst uns mal mit!

KASIMIR Natürlich nehm ich Euch mit! Wann Ihr wollt!

MARIA *(zu Elli)* Geh lass Dich doch nicht so anschwindeln! Der und ein Kompressor! Das ich nicht rutsch!

KASIMIR Wenn ich sag, dass ich einen Kompressor hab, dann hab ich einen Kompressor, merk Dir das!

MARIA Wo denn?

KASIMIR Wie heisst denn Du?

MARIA Maria.

KASIMIR So. Und Du?

ELLI Elli.

KASIMIR Elli.

MARIA Was hat denn diese ganze Fragerei für einen Sinn? Gib uns doch lieber was zum Saufen!

KASIMIR Da!

ELLI Der ist ja schon wieder leer!

KASIMIR Bier her!

KELLNERIN Gleich zahlen, bitte!

KASIMIR Ich hab kein Geld mehr. Herrgottsakrament, hab ich denn jetzt schon alles ausgegeben! Geh, bleibts doch noch ein bisserl da!

ELLI Schnecken! Ohne ist nichts zu machen, Herr Kompressor!

KASIMIR Nacher leckts mich am Arsch, beinand!

(Stille)

KASIMIR Auweh, armer Kasimir, auweh! Ohne Geld ist man der letzte Hund! Hast schon recht, Merkl, die Weiber taugen nichts – die rennen davon als wie die Karolin! Weisst was, jetzt scheiss ich was auf die Karolin! Jetzt geh ich heim und häng mich auf! Wo ist mein Hut! Herrgottsa, jetzt habens mir meinen Hut auch noch gestohlen! Ein Unglück kommt selten allein! [Bl. 35]

MERKL Kasi! Ich zahl Dir eine Mass! Setz Dich her!

KASI Danke. Du bist wirklich noch ein wahrer Freund.

MERKL Merkst es jetzt allmählich?

KASI Ja. Ganz allmählich gehts mir auf.

MERKL Prost, Kasi!

KASI Prost! Du bist der einzige Freund! Ich möcht jetzt von keinem Weibe mehr was hören! Für mich sind alle Weiber tot! Die Weiber sind minderwertige Subjekte, Anwesende natürlich ausgenommen – Sie verkaufen ihre Seele für eine Achterbahn, verraten ihr Teuerstes, in diesem speziellen Falle mich, wegen ein paar Abnormitäten!

ERNA Oh wie wahr! Wie wahr!

KASI Prost Arschloch!

MERKL Prost!

ERNA Wenn ich ein Mann wär, ich tät keine Frau anrühren! Ich vertrag schon den Geruch nicht von einer Frau. Besonders im Winter.

ALLES *(singt)*

Ich schiess den Hirsch im wilden Forst
Im dunklen Wald das Reh
Den Adler auf der Klippe Horst
Die Ente auf dem See.
Kein Ort der Schutz gewähren kann
Wenn meine Büchse knallt
Und dennoch hab ich harter Mann
Die Liebe schon gespürt
Und dennoch hab ich harter Mann
Die Liebe schon gespürt!

KAROLINE *(ist erschienen)*

ERNA Jesass, die Karolin!

MERKL Wo?

ERNA Dort.

KASIMIR Wer? [Bl. 38]

ERNA Die Karolin.

KASIMIR Wer?

ERNA Die Karoline.
KASIMIR Karoline? Kenn ich nicht.
ERNA Geh stellens Ihnen doch nicht so dumm!
MERKL Ja was fällt denn Dir ein?
ERNA Ja, wenn der sowas sagt.
MERKL Das sagt doch er. Und nicht Du. Das geht doch Dich nichts an, was er sagt. Ein Wort noch und ich zerreiss Dir das Maul!
ERNA Heut nicht!
MERKL Geh – man bittet um Ruhe.

KAROLINE *(erblickte Kasimir; tritt an den Tisch; grüsst)*
MERKL *(grüsst)*
ERNA *(auch)*
KASIMIR *(stumm)*
(Stille)
KAROLINE Kasimir. Ich möcht Dich nur etwas sprechen.
KASIMIR Wir zwei haben uns ausgesprochen.
KAROLINE Nein. Wir haben ja noch garnicht angefangen.
KASIMIR *(blickt sie an)* Von was bist denn Du so nass?
KAROLINE Das ist Bier. Man hat mir Bier in das Gesicht geschüttet.
KASIMIR Das ist ein Witz! *(er lacht)*
KAROLINE So lach doch nicht so blöd!
KASIMIR *(ernst)* Erstens Fräulein: pflege ich nicht blöd zu lachen. Zweitens: wenn man Ihnen Fräulein das Bier in das Gesicht geschüttet hat, so ist das nur der gebührende Lohn.
KAROLINE Da hast ja schon recht.
KASIMIR So? Seit wann denn?
KAROLINE Ich hab das eingesehen nämlich.
KASIMIR Und warum hast Du das nicht vorher eingesehen?
KAROLINE Weil ich halt blöd war und dann hast Du mich auch sehr gereizt. [Bl. 39]
KAS Und Du hast mich nicht gereizt?
KAR Schon. Aber Du warst doch auch blöd, nicht?
KAS Darüber verweigere ich die Aussage.
KAR Geh so red doch einmal gscheit!

KAS Setz Dich her. Hierher.
(Stille)
KAR Wir haben uns halt beide gereizt – das ist schon wahr.
KAS Woher hast Du denn das gewusst, dass ich hier sitz?
KAR Ich hab Dich gesucht, überall – ich hab schon gewusst, dass ich Dich finden werde.
KAS So. Also Du hast mich verlassen, weil ich nicht hergehen wollte –
KAR Jetzt bist Du ja aber doch hiergeblieben!
KAS Aus Verzweiflung, Fräulein! Wenn man ein solches Erlebnis, eine solche Enttäuschung über einen Menschen hat, kann man sich doch nicht gleich niederlegen.
KAR Ja, das ist natürlich.
(Stille)
KAR Ich war schon auch recht dumm und nicht nur Du, Kasimir! Ich hab heut so gedacht zuerst, dass ich mich in andern Kreisen bewege und hab mir eingebildet, dass die mich wie Ihresgleichen behandeln – aber nein, die suchten nur ihre Lust an mir zu stillen.
KAS Wo hast denn Deine Tasche?
KAR Ja, das ist es ja gerade. Die Tasche haben die dort im Hippodrom, aber sie sagen, sie haben es nicht. Und haben mich hinausgeschmissen. Und ein Herr, der meine Partei ergriffen hat, dem habens den Bierkrug von hinten hinaufgeschlagen.
KAS Das ist ja unerhört!
MERKL Wo sitzen denn die sauberen Herren?
KAR Im Hippodrom.
MERKL Da müssten wir uns mal die Tasche holen.
KAS Sehr richtig! Eine solche Gemeinheit – so ein armes Mädel so zu behandeln, zu verführen, zu entehren und die Tasch nicht herausgeben! Na denen zeigen wir jetzt was!

Fassung des 7. Bildes

(Grundschicht)

[IN 221.001/8 – BS 45 b, Bl. 40–45]

[Bl. 40]

Siebentes Bild

Sanitätswache.

POLIZIST *(zum Publikum)* Zurückgehen bitte! Zurückgehen!

PUBLIKUM *(weicht zurück)*

EINER Was ist denn geschehen, Herr Wachtmeister?

POLIZIST Garnichts besonders! Es hat halt eine Rauferei gegeben! Habts Ihr noch keine Rauferei gesehen? – Zurückgehen bitte! Zurückgehen!

PUBLIKUM *(Ab)*

SANITÄTER *(zum Ordnungsmann mit einer Binde um die Stirne)* Du kannst ja noch von Glück reden. Das muss ja eine schöne Rauferei gewesen sein.

ORDNUNGSMANN Ich war mittendrunterdrin. Eine pfundige Rauferei war das. Sowas hab ich ja im Feld noch kaum gesehen. Ja mindestens hundert Leut haben gerauft.

SANITÄTER Wegen was denn eigentlich?

ORDNUNG Das weiss man nicht. Angeblich wegen einer Damenhandtasche. Es ist halt da so eine Schlägerei entstanden an dem Tisch wo die zwei Alten mit den drei Studenten gesessn sind – die haben schon vorher mit einem gerauft. Und dann war in nullkommanull hat alles gerauft. Die Leut waren halt besoffen und dann überhaupt noch die Politik – es ist das so eine Zeit, die ganze Atmosphäre ist elektrisch geladen.

SANITÄTER Ist ja auch kein Wunder, wenn die Leut raufen!

ORDNUNG Die Nerven gehen halt durch. Halt ja keiner mehr was aus! Ich möcht das gern sehen, wie das ausschaun tät, wenn mir heut einen Krieg hät-[Bl. 41]ten mit die schlechten Nerven! Bei der dritten Granaten wärens alle hysterisch! Und erst bei einem Fliegerangriff!

SANITÄTER Oder gar Gas.

ORDNUNG Flammenwerfer! Undsoweiter! – Also nichts für ungut, ich geh jetzt nachhaus, heut mach ich Feierabend!

SANITÄTER Und nacher nimm nur zwei Aspirin

ORDNUNG Pyramidon tuts auch. Mir san eisen! *(ab)*

ARZT *(kommt aus der Barracke)* Sind die Tragbahren noch nicht da?

SANITÄTER Müssen jeden Moment kommen.

ARZT Also wir haben acht Gehirnerschütterungen, vier Beinbrüche, Schlüsselbeinbruch zwei, vierzehn Armbrüche, davon drei kompliziert und das andere sind Fleischwunden. Ein schöner Saustall sowas! Deutsche gegen Deutsche! *(ab)*

(Aus der Ferne hört man den Radetzkymarsch)

SANITÄTER *(allein; dirigiert vor sich hin)*

(Die Tragbahren kommen nun und werden in die Barracke gebracht)

EIN TRUPP VERWUNDETER *(verlässt nun die Barracke, unter ihnen auch Kasimir und Karoline)*

KASIMIR Geh warten wir noch ein bisschen.

KAROLINE Auf wen denn?

KASIMIR Auf den Merkl Franz. *(Stille)*

KAROLINE Ich glaub, der hat was Schwereres.

KASIMIR Oh, nein. Der hat einen so einen harten Schädel, dem passiert schon nichts. Aber seiner Erna – ich glaub, die hat eine Gehirnerschütterung.

KAROLINE Nein. Der ist der Arm ab. Weisst, der eine Student, der hat ihr mit dem Stuhl draufgehaut.

KASIMIR Jaja. Das Bürscherl haben wir aber nacher richtig

durchlassen [Bl. 42] durch die Fleischmaschin. Dem haben wir was hinaufgesetzt.

KAROLINE Weisst, der mit dem Eikopf, das war der, der meinen Beschützer niedergeschlagen hat.

KASIMIR Der hat auch seinen Teil. Nicht zu wenig.

KAROLINE Am meisten freut es mich, dass die zwei Alten was gekriegt haben. Aber eins tut mir weh, dass ich meine Tasche nicht mehr hab.

DER MERKL *(kommt nun)* So. Da seid Ihr. Fesch, was? Die arme Erna! Einen komplizierten Oberschenkelbruch hat sie. Ich versteh das garnicht, wie man sich da eigentlich den Oberschenkel brechen kann. Na, nichts für Ungut. – Und das Bürscherl, das ihr den Sessel naufgehaut hat. Eine so eine Gemeinheit, ein schwaches Weib zu schlagen. Das ist wirklich schon das Letzte.

ERNA *(kommt nun in der Tragbahre)* Franz!

MERKL Ja.

ERNA Du Franz. Vergiss mich nicht.

MERKL Nein. Wie kannst denn nur sowas denken?

ERNA Wie schnell so ein Unglück passiert. Siehst, ich sags immer, wie leicht sowas passieren kann –

MERKL Geh werd doch nicht immer persönlich.

ERNA Ich sags halt nur. Jetzt kann ich drei Monat liegen. Und wir wollten doch morgen nach Starnberg.

MERKL Das Starnberg lauft uns nicht davon.

ERNA Geh Franz. Geh zu meinem Bruder und erzähl ihm das, was mir zugestossen ist.

MERKL Ich fahr jetzt gleich hin.

ERNA Und dass ich morgen nicht zum Cafe kommen kann.

MERKL Ich komm Dich morgen besuchen, Erna. Stundenlang werd ich an Deinem Bette sitzen.

ERNA Hoffentlich lasst man Dich.

MERKL Also auf Wiedersehen! [Bl. 43]

ERNA *(ab)*

MERKL *(winkt ihr nach)*

KASIMIR So. Jetzt gehen wir dann alle nachhaus.
MERKL Ich trink jetzt noch ein Bier. Sonst kann ich nicht schlafen. Also auf Wiedersehen, Kasimir – – Du weisst, was wir ausgemacht haben! *(ab)*

KAROLINE Du Kasimir. Was hast denn Du mit dem ausgemacht?
KASIMIR Dass wir uns treffen.
KAR Geh lass Dich doch mit dem nicht ein!
KAS Und warum nicht?
KAR Das weisst Du doch! Nein, Du, so was mach nicht, gelt? *(Stille)*
KAS Jetzt möcht ich Dir mal was sagen. Ganz im Ernst. Ich hab mich mit ihm heut abend ausgesprochen und er hat mich überzeugt. Meine Ideale, die habe ich heimgeschickt – in einer Welt der Betrüger musst Du selber zum Betrüger werden, sonst erreichst nichts.
KAR Was redst denn da?
KAS Unsere Generation ist verpfuscht.
KAR Ich hab heut abend einen Augenblick damit kokettiert, Du weisst schon, wie ein Mädchen steigen kann – das heisst: höher kommen. Ich müsst aber so tief unter mich hinunter, damit ich in höhere Kreise komm –
KAS Man lebt nur einmal.
KAR Ja und dann ist es mir aber aufgefallen, dass ich keine Befriedigung hätt – nur an Deiner Seite, nur wenn ich das mach, was richtig ist. Du hättest auch keine Befriedigung, Kasimir! Wenn Du so wärst wie der Merkl, dazu bist Du einfach ein zu feiner Mensch, zu anspruchsvoll.
KAS Das glaub ich nicht.
KAR Doch.
KAS Wie Du daherredst. Wie ein Buch. Ist das jetzt Deine eigene Erkenntnis oder von wem hast Du denn das? [Bl. 44]
KAR Ich hab heut einen Menschen kennen gelernt und der hat mich überzeugt.
(Stille)
KAS War das der Junge, da bei dem Eis?
KAR Ja. Jetzt hat er eine Gehirnerschütterung. Er liegt noch da

drinnen. Aber sie werden ihn bald abtransportieren. Er war sehr ritterlich zu mir.

KAS Das ist nett von ihm.

(Stille)

KAS Aber das mit dem Merkl, da siehst Du nicht ganz richtig.

KAR Kasimir! Wähle! Der Merkl oder ich!

(Stille)

KAS Herrgott, mach einem doch das Leben nicht so schwer!

EMIL *(auf Tragbahre)*

KAROLINE Da ist er.

SANITÄTER Der darf nichts reden!

KAROLINE Aber ich kann doch zu ihm reden.

SANITÄTER Das schon! Aber nicht viel!

KAROLINE Herr Emil! Kennens mich noch – natürlich, nicht? Also ich hab mich mit meinem Bräutigam wieder ausgesöhnt – und ich danke Ihnen vielmals, Sie haben mir sehr viel inneren Halt heute gegeben –– Geh, sag ihm auch dankschön!

KAS Ich danke auch vielmals. Und das zuvor, das war nicht so gemeint. Ich habe sie nämlich verkannt.

EMIL *(versucht zu lächeln, es schmerzt ihn und er schneidet eine Grimasse)*

KAROLINE Ich danke vielmals, danke – danke – und ich werd Sie besuchen –

EMIL Oh danke –– Au! Au au – au –– *(er wird abgeführt)*

SANITÄTER So redens doch nicht!

KAROLINE Armer Kerl!

KASIMIR Jawohl. [Bl. 45]

KAROLINE Du Kasimir. Stell Dich mal daher, wo ich jetzt steh – schau, da siehst den grossen Bären. Und den Orion.

KASIMIR Ja.

(Stille)

KASIMIR Ich möcht jetzt nachhaus.

KAROLINE Ich auch.

KASIMIR Mir brummt der Schädel.

KAROLINE Mir auch.

KASIMIR Gehen wir heut zu Dir oder zu mir?
KAROLINE Heut komm ich zu Dir.
KASIMIR Also komm –

Ende

Begleitende Texte

Briefentwurf an Francesco von Mendelssohn

ÖLA 3/W 362 – o. BS, Bl. 1v

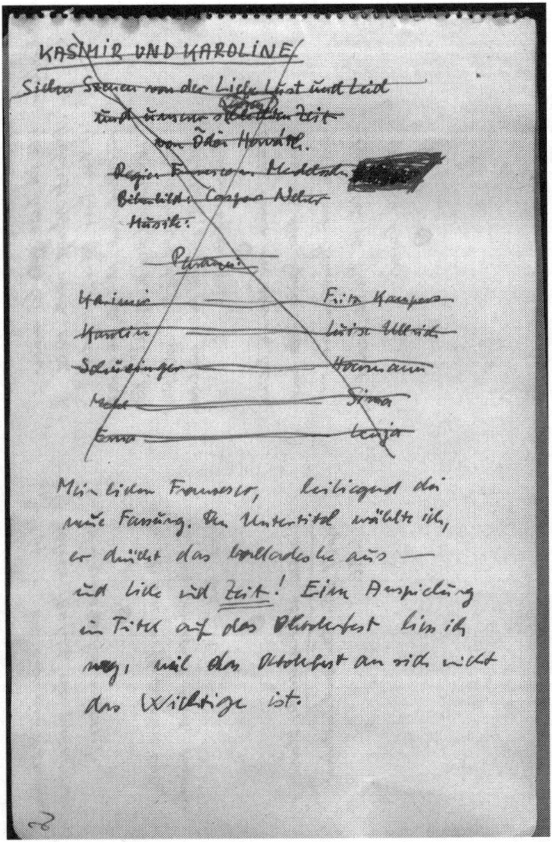
KASIMIR UND KAROLINE

Sieben Szenen von der Liebe Lust und Leid und unserer schlechten Zeit

von Ödön Horváth.

Regie: Francesco von Mendelssohn [redacted]

Bühnenbild: Caspar Neher

Musik:

Personen:

Kasimir — Fritz Kampers

Karoline — Luise Ullrich

Schürzinger —

Merkl —

Erna — Lenja

Mein lieber Francesco, beiliegend die neue Fassung. Den Untertitel wählte ich, er drückt das Balladeske aus — und Liebe und Zeit! Eine Anspielung im Titel auf das Oktoberfest liess ich weg, weil das Oktoberfest an sich nicht das Wichtige ist.

KASIMIR UND KAROLINE

Sieben Szenen von der Liebe Lust und Leid
bösen
und unserer schlechten Zeit
von Ödön Horváth.
Regie: Francesco Mendelssohn {}
Bühnenbild: Caspar Neher
Musik:

Personen:

Kasimir	Fritz Kampers
Karoline	Luise Ullrich
Schürzinger	Hoermann
Merkl	Sima
Erna	Lenja

Mein lieber Francesco, beiliegend die neue Fassung. Den Untertitel wählte ich, er drückt das balladeske aus — und Liebe und Zeit! Eine Anspielung im Titel auf das Oktoberfest liess ich weg, weil das Oktoberfest an sich nicht das Wichtige ist.

Die Wiesenbraut

Exposé mit Werktitel

(Korrekturschicht)

[ÖLA 3/W 362 – o. BS, Bl. 17–18]

[Bl. 17]

<u>Die Wiesenbraut</u>
Ein Abend auf dem Oktoberfest.

Unter einer Wiesenbraut versteht man in München ein Fräulein, das man an einem Oktoberfestbesuch kennen lernt, und zu dem die Bande der Sympathie je nach Veranlagung und Umständen mehr oder weniger intimer geschlungen werden.

Meistens wird die Wiesenbraut vom Standpunkte des Herrn aus gesehen – aber die Gefühle samt der Sehnsucht, die in der Wiesenbraut leben, werden selten respektiert.

Oft will die Wiesenbraut nur lustig sein und sonst nichts; häufig will sie sonst auch noch etwas; nie aber denkt sie momentan materiell. Aber in der Wiesenbraut wohnt häufig die Sehnsucht, dass es immer ein Oktoberfest geben soll; immer so ein Abend; immer eine Achterbahn; immer [Bl. 18] die Abnormitäten; immer Hippodrom im Kreise.

Seit es eine Oktoberfestwiese gibt, seit der Zeit gibt es eine Wiesenbraut.

Die Wiesenbraut verlässt die Ihren, verlässt ihr Milljöh – geht mit Herren, die sie nicht kennt, interessiert sich wenig für den Charakter, mehr für die Vergnügungen.

Die Wiesenbraut denkt nicht an den Tod.

Die Wiesenbraut opfert ihren Bräutigam, sie denkt nicht, sie lebt. Sie verliert ihre Liebe wegen einem Amüsement.

Sie vergisst wohin sie gehört. Und der Kreis um die Wiesenbraut empfindet diese Störung. Er gerät durcheinander aus Enttäuschung. Aber bald ordnet sich wieder alles – und die Wiesenbraut ist ausgeschaltet. Nur im Märchen bekommt die Wiesenbraut einen Prinzen oder einen Scheich. In Wahrheit versinkt sie in das Nichts, sobald die Wiese aufhört. Sie lebt auf der Wiese. Auch sie ist nur ein Produkt der Wiese. Ihrer Umgebung. Trotz Seele und Fleisch, Liebe und Sehnsucht.

Gebrauchsanweisung

Fassung mit Werktitel

(Korrekturschicht)

[ÖLA 3/W 236 – BS 64 h, Bl. 1–7]

[Bl. 1]

Gebrauchsanweisung

Das dramatische Grundmotiv aller meiner Stücke ist der ewige Kampf zwischen Bewusstsein und Unterbewustsein.

Ich hatte mich bis heute immer heftig dagegen gesträubt, mich in irgendeiner Form über meine Stücke zu äussern – nämlich ich bin so naiv gewesen, und bildete es mir ein, dass man (Ausnahmen bestätigen leider die Regel) meine Stücke auch ohne Gebrauchsanweisung verstehen wird. Heute gebe ich es unumwunden zu, dass dies ein grober Irrtum gewesen ist, dass ich gezwungen werde, eine Gebrauchsanweisung zu schreiben.

Erstens bin ich daran schuld, denn: ich dachte, dass viele Stellen, die doch nur eindeutig zu verstehen sind, verstanden werden müssten, dies ist falsch – es ist mir öfters nicht restlos gelungen, die von mir angestrebte Synthese zwischen Ironie und Realismus zu gestalten.

Zweitens: es liegt an den Aufführungen – alle meine Stücke sind bisher nicht richtig im Stil gespielt worden, wodurch eine Unzahl von Missverständnissen naturnotwendig entstehen musste. Daran ist niemand vom Theater schuld kein Regisseur und kein Schauspieler, dies möchte ich ganz besonders betonen – sondern nur ich allein bin schuld. Denn ich überliess die Aufführung ganz den zuständigen Stellen – aber nun sehe ich klar, nun weiss ich es genau, wie meine Stücke gespielt werden müssen.

Drittens[6] liegt die Schuld am Publikum, denn: es hat sich leider entwöhnt auf das Wort im Drama zu achten, es sieht oft nur die Handlung – es sieht wohl die dramatische Handlung, aber den dramatischen Dialog hört es nichtmehr. Jedermann kann bitte meine Stücke nachlesen: es ist keine einzige Szene in ihnen, die nicht dramatisch wäre – unter dramatisch verstehe ich nach wie vor, den Zusammenstoss zweier Temperamente – die Wandlungen, usw. In jeder Dialogszene wandelt sich eine Person. Bitte nachlesen! Dass dies bisher nicht herausgekommen ist, liegt an den Aufführungen. Aber auch an dem Publikum. [Bl. 2]

Denn letzten Endes ist ja das Wesen der Synthese von Ernst und Ironie, die Demaskierung des Bewustseins. Sie erinnern sich vielleicht an einen Satz in meiner »Ital. Nacht«, der da lautet: »Sie sehen sich alle so fad gleich und werden genau so eingebildet selbstsicher.«

Aus all dem geht schon hervor, dass Parodie nicht mein Ziel sein kann – es wird mir oft Parodie vorgeworfen, das stimmt aber natürlich in keiner Weise. Ich hasse die Parodie! Satire und Karikatur – ab und zu ja. Aber die satirischen und karikaturistischen Stellen in meinen Stücken kann man an den fünf Fingern herzählen – ich bin kein Satiriker, meine Herrschaften, ich habe kein anderes Ziel, als wie dies: Demaskierung des Bewustseins.

Keine Demaskierung eines Menschen, einer Stadt – das wäre ja furchtbar billig! Keine Demaskierung auch des Süddeutschen natürlich – ich schreibe ja nur deshalb süddeutsch, weil ich anders nicht schreiben kann.

Diese Demaskierung betreibe ich aus zwei Gründen: erstens, weil sie mir Spass macht – zweitens, weil infolge meiner Erkenntnisse über das Wesen des Theaters, über seine Aufgabe und zuguterletzt Aufgabe jeder Kunst ist folgendes – (und das dürfte sich nun schon allmählich herumgesprochen haben) – die Leute gehen ins Theater, um sich zu unterhalten, um sich zu erheben, um eventuell weinen zu können, oder um irgendetwas zu erfahren. Es gibt also Unterhaltungsthea-

6 Drittens] Zweitens

ter, ästhetische und pädagogische Theater. Alle zusammen haben eines gemeinsam: sie nehmen dem Menschen in einem derartigen Masse das Phantasieren ab, wie kaum eine andere Kunstart –

Die Phantasie ist bekanntlich ein Ventil für Wünsche – bei näherer Betrachtung werden es wohl asoziale Triebe sein, noch dazu meist höchst primitive. Im Theater findet also der Besucher zugleich das Ventil wie auch Befriedigung (durch das Erlebnis) seiner asozialen Triebe. [Bl. 3]

Es wird ein Kommunist auf der Bühne ermordet, in feiger Weise von einer Überzahl von Bestien. Die kommunistischen Zuschauer sind voll Hass und Erbitterung gegen die Weissen – sie leben aber eigentlich das mit und morden mit und die Erbitterung und der Hass steigert sich, weil er sich gegen die eigenen asozialen Wünsche richtet. Beweis: es ist doch eigenartig, dass Leute ins Theater gehen, um zu sehen, wie ein (anständiger) Mensch umgebracht wird (der ihnen gesinnungsgemäss nahe steht) – und dafür Eintritt bezahlen und hernach in einer gehobenen weihevollen Stimmung das Theater verlassen. Was geht denn da vor, wenn nicht ein durchs Miterleben mitgemachter Mord? Die Leute gehen aus dem Theater mit weniger asozialen Regungen heraus, wie hinein. (Unter asozial verstehe ich Triebe, die auf einer kriminellen Basis beruhen – und nicht etwa Bewegungen, die gegen eine Gesellschaftsform gerichtet sind – ich betone das extra, so ängstlich bin ich schon geworden, durch die vielen Missverständnisse)

Dies ist eine vornehme pädagogische Aufgabe des Theaters. Und das Theater wird nicht untergehen, denn die Menschen werden in diesen Punkten immer lernen wollen – ja je stärker der Kollektivismus wird, umso grösser wird die Phantasie. Solange man um den Kollektivismus kämpft, natürlich noch nicht, aber dann – ich denke manchmal schon an eine Zeit, die man mit proletarischer Romantik bezeichnen wird. Ich bin überzeugt, dass sie kommen wird.

Mit meiner Demaskierung des Bewusstseins, erreiche ich natürlich eine Störung der Mordgefühle – daher kommt es auch, dass Leute meine Stücke oft eckelhaft und abstossend finden, weil sie eben die Schandtaten nicht so miterleben können. Sie werden auf die Schandtaten gestossen – sie fallen ihnen auf und erleben sie nicht mit. Es gibt für mich ein Gesetz und das ist die Wahrheit. [Bl. 4]

Ich habe Verständnis dafür, wenn mich jemand fragt – Lieber Herr, warum nennen Sie dann Ihre Stücke Volksstücke? Auch hierauf will ich heute antworten, damit ich mit derlei Sachen für längere Zeit meine Ruhe habe: Also: das kommt so.

Vor sechs Jahren schrieb ich mein erstes Stück, »Die Bergbahn«, und gab ihm den Untertitel und Artbezeichnung: »Ein Volksstück«. Die Bezeichnung Volksstück war bis dahin in der jungen dramatischen Produktion in Vergessenheit geraten. Natürlich gebrauchte ich diese Bezeichnung nicht willkürlich, das heisst: nicht einfach deswegen, weil das Stück ein bayerisches Dialektstück ist und die Personen Streckenarbeiter sind, sondern deshalb, weil mir so etwas wie eine Fortsetzung, Erneuerung des alten Volksstückes vorgeschwebt ist – also eines Stückes, in dem Probleme auf eine möglichst volkstümliche Art behandelt und gestaltet werden, Fragen des Volkes, seine einfachen Sorgen, durch die Augen des Volkes gesehen. Ein Volksstück, das im besten Sinne bodenständig ist und das vielleicht wieder Anderen Anregung gibt, eben auch in dieser Richtung weiter mitzuarbeiten – um ein wahrhaftiges Volkstheater aufzubauen, das an die Instinkte und nicht an den Intellekt des Volkes appelliert.

Zu einem Volksstück, wie zu jedem Stück, ist es aber unerlässlich, dass ein Mensch auf der Bühne steht. Ferner: der Mensch wird erst lebendig durch die Sprache.

Nun besteht aber Deutschland, wie alle übrigen europäischen Staaten, zu neunzig Prozent aus vollendeten oder verhinderten Kleinbürgern, auf alle Fälle aus Kleinbürgern. Will ich also das Volk schildern, darf ich natürlich nicht nur die zehn Prozent schildern, sondern als treuer Chronist meiner Zeit, die grosse Masse. Das ganze Deutschland muss es sein!

Es hat sich aber nun durch das Kleinbürgertum eine Zersetzung der eigentlichen Dialekte gebildet, nämlich durch den Bildungsjargon. Um einen heutigen Menschen realistisch schildern zu können, muss ich ihn also einen Bildungsjargon sprechen las-[Bl. 5]sen. Der Bildungsjargon (und seine Ursachen) fordern aber natürlich zur Kritik heraus – und so entsteht der Dialog des neuen Volksstückes, und damit der Mensch, und damit erst die dramatische Handlung – eine Synthese aus Ernst und Ironie.

Mit vollem Bewusstsein zerstöre ich nun das alte Volksstück, formal und ethisch – und versuche die neue Form des Volksstückes zu finden. Dabei lehne ich mich mehr an die Traditionen der Volkssänger an und Volkskomiker an, denn an die Autoren der klassischen Volksstücke. Und nun kommen wir bereits zu dem Kapitel Regie.

Ich will nun versuchen hauptsächlich möglichst nur praktische Anweisungen zu geben: (diese gelten für alle meine Stücke, ausser der »Bergbahn«) Bei Ablehnung auch nur eines dieser Punkte durch die Regie, ziehe ich das Stück zurück, denn dann ist es verfälscht.

Zu den Todsünden der Regie zählt folgendes:

1. Dialekt. Es darf kein Wort im Dialekt gesprochen werden! Jedes Wort muss hochdeutsch gesprochen werden, allerdings so, wie jemand der sonst nur Dialekt spricht und sich nun zwingt, hochdeutsch zu reden. Sehr wichtig! Denn es gibt schon jedem Wort dadurch die Synthese zwischen Realismus und Ironie. Komik des Unterbewussten. Klassische Sprecher. Vergessen Sie nicht, dass die Stücke mit dem Dialog stehen und fallen!

2. In meinen sämtlichen Stücken ist keine einzige parodistische Stelle! Sie sehen ja auch oft im Leben jemand, der als seine eigene Parodie herumlauft – so ja, anders nicht!

3. Satirisches entdecke ich in meinen Stücken auch recht wenig. Es darf auch niemand als Karikatur gespielt werden, ausser einigen Statisten, die gewissermassen als Bühnenbild zu betrachten sind. Das Bühnenbild auch möglichst bitte nicht karikaturistisch – möglichst einfach bitte, vor einem

Vorhang, mit einer wirklich primitiven Landschaft, aber schöne Farben bitte.

4. Selbstverständlich müssen die Stücke stilisiert gespielt [Bl. 6] werden, Naturalismus und Realismus bringen sie um – denn dann werden es Milljöhbilder und keine Bilder, die den Kampf des Bewustseins gegen das Unterbewustsein zeigen – das fällt unter den Tisch. Bitte achten Sie genau auf die Pausen im Dialog, die ich mit »Stille« bezeichne – hier kämpft sich das Bewustsein oder Unterbewustsein miteinander, und das muss sichtbar werden.

5. In dem so stilisiert gesprochenen Dialog, gibt es Ausnahmen – einige Sätze, nur ein Satz manchmal, der plötzlich ganz realistisch, ganz naturalistisch gebracht werden muss. Zum Beispiel:

6. Alle meine Stücke sind Tragödien – sie werden nur komisch, weil sie unheimlich sind. Das Unheimliche muss da sein.

7. Es muss jeder Dialog herausgehoben werden – ein stummes Spiel der anderen, ist streng untersagt. Sehen Sie sich die Volkssängertruppen an. Zum Beispiel im ersten Bild beim Zeppelin: keine Statisten – einzelne Leute mit angeklebten Bärten, Dicke, Dünne, Kinder, Elli und Maria, usw. müssen zusehen – ohne Bewegung, nur die Sprecher selbst die nicht. Von dem Verschwinden des Zeppelins ab, haben alle die Bühne zu verlassen, nur Kasimir und Karoline nicht – der Eismann kommt nur, wenn man ihn braucht, tritt er an den Kasten – wenn Kasimir den Lukas haut, kommen die Leute herein, sehen stumm zu, wie das auf dem Bolzen hinaufläuft, gehen wieder ab.

Stilisiert muss gespielt werden, damit die wesentliche Allgemeingültigkeit dieser Menschen betont wird – man kann es garnicht genug überbetonen, sonst merkt es keiner. Die realistisch zu bringenden Stellen im Dialog und Monolog sind die, wo ganz plötzlich ein Mensch sichtbar wird – wo er dasteht, ohne jeder Lüge, aber das sind naturnotwendig nur ganz wenig Stellen: zum Beispiel – [Bl. 7]

8. Innerhalb dieses stilisierten Spieles gibt es natürlich Gradunterschiede, so zum Beispiel:

Erste Gruppe: (am wenigsten stilisiert)
Kasimir
Karoline
Erna
Zweite Gruppe:
Schürzinger
Rauch
Speer
Elli
Dritte Gruppe:
Maria
und alle Übrigen.
Karikaturistisch: die Statisten und die Abnormitäten.

Dieser Stil ist das Resultat praktischer Arbeit und Erfahrung, und kein theoretisches Postulat. Und er erhebt keinen Anspruch auf Allgemeingültigkeit, er gilt vor allem nur für meine Stücke.

Briefentwurf an das Kleine Theater in Wien

(Korrekturschicht)

[ÖLA 3/W 241 – BS 64 a, Bl. 1]

Als ich vor einem halben Jahr von der erfolgreichen Aufnahme meines Stückes »Kasimir und Karoline« in Wien erfuhr, habe ich mich sehr gefreut, denn ich habe es immer gehofft und geahnt, dass meine Stücke gerade in Wien Verständnis finden müssten.

Denn genau wie der Verfasser, sind auch seine sogenannten Kinder »K. u. K.« Erzeugnisse – d. h. sie streben nach Wahrheit, trotz der Illusion, dass es eine solche nicht gibt oder nicht geben darf.

Als mein Stück 1932 in Berlin uraufgeführt wurde, schrieb fast die gesamte Presse, es wäre eine Satyre auf München und auf das dortige Oktoberfest – ich muss es nicht betonen, dass dies eine völlige Verkennung meiner Absichten war, eine Verwechslung von Schauplatz und Inhalt; es ist überhaupt keine Satyre, es ist die Ballade vom arbeitslosen Chauffeur Kasimir und seiner Braut mit der Ambition, eine Ballade voll stiller Trauer, gemildert durch Humor, das heisst durch die alltägliche Erkenntnis: »Sterben müssen wir alle!«

Unabhängig von der zeitlich bedingten Kostümierung ist und war es in Berlin immer Sitte, zu fragen: »<u>gegen</u> wen richtet sich das?« Man hat nie gefragt: »<u>Für wen</u> tritt es ein?« Das »<u>gegen</u>« war und ist dort immer wichtiger, als das »<u>für</u>«.

Ich habe die Wien Aufführung noch nicht gesehen und ich freue mich sehr, dass Herr Lönner sie wieder im Spielplan aufgenommen hat, und zwar aus dem egoistischen Wunsch, sie sehen zu können. Da ich die Künstler, die es spielen kenne, freut es mich, sie in diesen Rollen sehen zu können. Und es freut mich umsomehr, da ich die Darsteller, die es spielen werden, ich in anderen Stücken und Rollen, als namhafte Künstler kennen und schätzen gelernt habe, in meinem Stück sehen werde.

Editorische Notiz

Von dem Volksstück *Kasimir und Karoline* wurde 1932 in der Fassung in 117 Szenen in dem zum Ullstein-Konzern gehörenden Arcadia-Verlag ein hektographiertes Stammbuch hergestellt. Diese Fassung bildete die Grundlage für die Uraufführung des Stückes am 18. November 1932 in Leipzig und eine Woche später am 25. November in gleicher Besetzung in Berlin. In Buchform wurde das Stück erstmals 1961 von Traugott Krischke in dem Sammelband *Ödön von Horváth: Stücke* veröffentlicht. 1970/71 erschien mit den *Gesammelten Werken in vier Bänden* (GW) die erste Werkausgabe Ödön von Horváths und in den Jahren von 1983 bis 1988 die von Traugott Krischke und Susanna Foral-Krischke herausgegebene *Kommentierte Werkausgabe* (KW). Letztere enthält neben der 117-Szenen-Fassung eine frühere Fassung von *Kasimir und Karoline* in sieben Bildern (KW 5,9–65).

Der hier vorliegende Band präsentiert neben der Endfassung des Stückes ausgewählte Vorarbeiten und Zwischenfassungen, unter ihnen eine Fassung von *Kasimir und Katharina in fünf Bildern* sowie eine Fassung von *Kasimir und Karoline in sieben Bildern*, die der von Krischke gedruckten vorausgeht. Ergänzt wird dieses Material durch theoretische und kommentierende Texte, die Horváth im Zusammenhang mit dem Stück *Kasimir und Karoline* verfasst hat. Das gesamte genetische Material zur Entstehung des Stückes bis hin zu den Umarbeitungen, die der Autor im Zuge der Inszenierungen in Leipzig und Berlin vorgenommen hat, enthält die *Wiener Ausgabe sämtlicher Werke* (WA), innerhalb derer der Band zu *Kasimir und Karoline* im Jahr 2009 erscheint.

Für die im vorliegenden Band wiedergegebene Endfassung von *Kasimir und Karoline* wurden offensichtliche Tippfehler des Stammbuches richtiggestellt und unterschiedlich gehandhabte Schreibungen vereinheitlicht – »Scene« > »Szene«; »münchener« > »Münchener«; »garkeine« > »gar keine«; »nichtmehr« > »nicht mehr«; »nach Hause« > »nachhause«; »O« > »Oh« – sowie die Groß/Kleinschreibung am Beginn von Regieanweisungen, Liedtexten und nach Gedankenstrichen und Doppelpunkten. Korrigiert wurde der Name des von 1930 bis 1932 amtierenden deutschen Reichkanzlers Brüning, der im Stammbuch als »Brünning« erscheint. Auch die falsch geschriebenen Fremdwörter »Kabriolet«, »Limusinen« und »Tobogan« sowie die Nummerierung der Szenen – im Stammbuch folgt der 70. Szene die 72., wodurch die letzte Szene des Stückes als 118. erscheint – wurden richtiggestellt.

Das abgedruckte genetische Material erscheint in chronologischer Reihenfolge und gliedert sich nach Vorarbeiten, Konzeptionen und begleitenden Texten. *Vorarbeiten* bezeichnen Arbeitsphasen, die dem eigentlichen Werk vorausgehen und aus denen der Autor im Zuge des Entstehens einzelne Elemente entlehnt oder übernimmt. Als *Konzeptionen* gelten übergeordnete Gliederungseinheiten im Schreibprozess. Meist handelt es sich dabei um längere Arbeitsphasen, die sich durch eine prinzipielle Annahme des Autors über die makrostrukturelle Anlage eines Werkes von anderen Phasen deutlich unterscheiden. Einzelne Konzeptionen sind durch Unterschiede in der Struktur (fünf Bilder / sieben Bilder / 117 Szenen) und/oder wichtige Strukturelemente (zentrale Motive und Schauplätze, Figurennamen der Hauptpersonen etc.) voneinander getrennt.

Hinsichtlich des Grades der Ausarbeitung lassen sich im genetischen Material Entwurfsblätter und Fassungen unterscheiden. Auf einem *Entwurfsblatt* legt Horváth die Gesamtstruktur eines Werkes oder eines einzelnen Strukturelements (Bild, Kapitel, Szene, ...) fest. Entwurfsblätter sind fast ohne Ausnahme handschriftlich ausgeführt und zumeist auf ein einziges Blatt beschränkt. Eine *Fassung* bezeichnet eine klar abgrenzbare Arbeitseinheit, die intentional vom Anfang bis zum Ende einer isolierten Werkeinheit (Bilderfolge, Bild, Akt, Kapitel, Unterkapitel, ...) reicht und bereits der konkreten Ausformulierung des Textes dient. Entwürfe werden in sogenannten »diplomatischen« Transkriptionen dargestellt, d. h., in ihnen finden sich die topographischen Verhältnisse des Originals genau übertragen – und durch eine Abbildung des Originals ergänzt. Fassungen werden linearisiert dargestellt, ferner wird angegeben, ob es sich dabei um eine Transkription des maschinenschriftlichen Textkorpus (*Grundschicht*) handelt, oder die handschriftlichen Korrekturen und Zusätze Horváths mitberücksichtigt wurden (*Korrekturschicht*).

Normiert wird in der vorliegenden Ausgabe im textgenetischen Material das typographische Erscheinungsbild der Sprechernamen und der Regie- und Szenenanweisungen; der in den Typoskripten durch zwei Bindestriche dargestellte Gedankenstrich wird als solcher umgesetzt. Ansonsten wird der Horváthsche Text in der originalen Schreibung und Zeichensetzung wiedergegeben.

Anmerkungen

Kasimir und Karoline

6 [Personen] *Liliputaner:* früher gebräuchlicher Ausdruck für: kleinwüchsiger Mensch.
Abnormitäten: Ihrer Seltenheit wegen erweckten menschliche Abnormitäten stets großes Interesse. Als Schaustellungen waren Abnormitäten Teil von Messen und Jahrmärkten. Von Beginn an gehörten sie auch zu den Attraktionen des Oktoberfests. Berühmt waren die Völkerschauen, die Carl Gabriel (1857–1931) seit 1901 auf das Oktoberfest brachte.
[Ort] *Münchener Oktoberfest:* seit 1810 alljährlich von Mitte September bis Anfang Oktober in München stattfindendes Volksfest. Gestiftet wurde es von Kronprinz Ludwig (1786–1868) und Prinzessin Therese von Sachsen-Hildburghausen (1786–1854), die anlässlich ihrer Hochzeit am 17. Oktober 1810 auf einer Wiese vor der Stadtgrenze Münchens ein großes Pferderennen veranstalteten. Das Gelände heißt seitdem Theresienwiese (oder mundartlich einfach »d'Wiesn«). In den Folgejahren wurden neben der Pferderennbahn Kletterbäume, Kegelbahnen, Schaukeln aufgebaut und 1818 das erste Karussell aufgestellt. Ende des 19. Jahrhunderts wurde von der Stadtverwaltung der Bierverkauf genehmigt; später kamen Imbissstände hinzu. 1931 drohte das Münchener Oktoberfest wegen des schlechten Wetters und der schlechten wirtschaftlichen Lage zu einer Katastrophe zu werden.
[Zeit] *in unserer Zeit:* Damit ist die Entstehungszeit des Stückes Anfang der 1930er Jahre (1931/32) gemeint, also die Zeit der Weltwirtschaftskrise mit extrem hohen Arbeitslosenzahlen (vgl. Anm. zu 9,3).
[Motto] *Und die Liebe höret nimmer auf:* Erster Brief des Paulus an die Korinther: »Die Liebe hört nimmer auf. Prophetisches Reden hat ein Ende, Zungenrede verstummt, Erkenntnis vergeht« (13,8); findet sich auch als Motto des dritten Teils in Horváths Roman *Der ewige Spießer* (KW 12,257).

7,3 *»Solang der alte Peter«:* Als ›Stadthymne‹ Münchens bekanntes Volkslied, das ursprünglich als Wienerlied mit dem Titel *Solang der alte Steffel am Stephansplatz noch steht* von dem Wiener

Volkssänger und Komponisten Carl Lorens (1851–1909) komponiert wurde.

7,7 *Lippennegerinnen:* Frauen des afrikanischen Stammes Mursi, die für ihre Lippenteller bekannt sind. Dazu wird ihnen die Unterlippe aufgeschnitten und langsam gedehnt, indem immer größere Tonteller eingesetzt werden. 1928 präsentierte der Schausteller Carl Gabriel (1857–1931) auf dem Oktoberfest die bis dahin größte Völkerschau, die er 1930 noch erweiterte und zusätzlich zu den 400 Farbigen die vom Aussterben bedrohten Mursi zeigte, von deren Gesängen das Münchener Völkerkunde-Museum Schallplattenaufnahmen anfertigen ließ (vgl. Münz nach Krischke 1973, S. 26).

7,8 *türkischem Honig:* Zuckerware aus Honig, Zucker, Stärke, Eischnee, Gelatine, Mandeln und Nüssen, die im Ofen gebacken wird.

7,9 *Haut-den-Lukas:* Hau-den-Lukas: Jahrmarktsattraktion, bei der man mit einem Hammer auf eine gefederte Platte schlagen muss. In Abhängigkeit von der aufgebrachten Schlagkraft wird ein Metallkörper beschleunigt, der in einem durchsichtigen Rohr nach oben geschleudert wird. Je mehr Kraft man bei dem Schlag aufwendet, umso höher steigt der Körper. Wenn er das obere Ende erreicht, löst er auf mechanischem oder elektrischem Wege ein Klingelsignal aus.

7,17 *Zeppelin:* Nach dem Erfinder Ferdinand Graf von Zeppelin (1838–1917) benanntes, mit Gas gefülltes Luftschiff. Am 18. September 1928 trat es von Friedrichshafen am Bodensee aus seinen Jungfernflug an und überflog im gleichen Jahr während des Oktoberfestes dreimal die Stadt München.

7,17 f. *Oktoberfestwiese:* Theresienwiese, auf der alljährlich das Oktoberfest ausgetragen wird.

7,21 *Eckener:* Hugo Eckener (1868–1954) übernahm 1908 die Öffentlichkeitsarbeit für den Luftschiffbau Zeppelin und beteiligte sich an der Gründung der Deutschen Luftschiff-Aktien-Gesellschaft (DELAG). Er setzte sich für den Bau des Luftschiffes »Graf Zeppelin« (LZ 127) ein, das 1927/28 mit Mitteln der »Zeppelin-Eckener-Spende« gebaut wurde.

7,22 *Heil:* 1817 wurde durch den Turnvater Friedrich Ludwig Jahn (1778–1852) unter Turnern der Gruß »Gut Heil« eingeführt, der sich rasch verbreitete. Im 19. Jahrhundert und nach der Jahrhundertwende setzte sich die emphatische Tradition des Heilsrufes bis in die vaterländischen Lieder fort. »Heil« galt immer als deutscher Gruß, und in diesem Sinn haben ihn vor allem antisemitische Gruppen und Anhänger Georg Ritter von Schönerers (1842–1921) in Österreich verwendet. Durch diese deutschnationalen Bewegungen wurde auch Adolf Hitler stark beeinflusst. Nach dem Ersten Weltkrieg wurde der Gruß »Heil« vor allem von völkischen Gruppierungen verwendet, und von 1925 an war »Heil Hitler« der offizielle Gruß der Nationalsozialisten (vgl. Schmitz-Berning 1998, S. 299 f.).

8,6 *so lasse mich doch aus:* »Lass mich zufrieden.« Zu den Nebenbedeutungen vgl. das Nachwort, S. 197.

8,16 f. *Oberammergau:* Gemeinde in Oberbayern, die durch die seit 1634 alle zehn Jahre stattfindenden Passionsspiele bekannt ist.

8,24 *Luftschiff:* vgl. Anm. zu 7,17.

9,3 *abgebaut:* arbeitslos geworden. Das Wort bezieht sich auf den Abbau von Arbeitskräften, den die Weltwirtschaftkrise der 1920er und 1930er Jahre nach sich zog. Nach einer amtlichen Statistik betrug 1930 die Durchschnittszahl der Erwerbslosen in Deutschland über drei Millionen. 1931 stieg sie auf 4,5 Millionen und 1932 – im schlimmsten Jahr der Wirtschaftskrise – auf mehr als 5,6 Millionen (vgl. Marcowitz 2004, S. 21).

9,4 *stempeln:* Mit dem »Gesetz über Arbeitsvermittlung und Arbeitslosenversicherung« trat am 1. Oktober 1927 ein Gesetz in Kraft, das eine Grundversorgung für die steigende Zahl der Arbeitslosen sichern sollte. Voraussetzung dafür war, dass der Versicherte erstens arbeitsfähig, arbeitswillig und unfreiwillig arbeitslos war, zweitens während der letzten zwölf Monate 26 Wochen lang Beiträge eingezahlt hatte und drittens den Anspruch auf Arbeitslosenunterstützung noch nicht ausgeschöpft hatte. Die Arbeitswilligkeit wurde vom Arbeitsamt überprüft, indem sich der Arbeitslose regelmäßig bei der »Stempelstelle« melden musste und dafür eine Bestätigung auf der Stempelkarte erhielt. Nur gegen Vorlage dieser Karte wurde die Arbeitslosenunterstützung ausgezahlt.

10,3 f. *Waren das Fräulein schon einmal in Oberammergau?:* veraltetete Verwendung der 3. Person Plural in der Anrede einer Person als Ausdruck der Höflichkeit.

10,15 *vegetieren:* (kümmerlich) leben.

10,29 *handlesen:* aus Zeichen und Linien der Hand wahrsagen.

Horváth interessierte sich für esoterische Künste wie diese; bereits in seinem Drama *Sladek* (1927/28) tritt eine Handleserin auf.

10,34 *Zuschneider:* Berufsgruppe in der Bekleidungsindustrie, die Stoffe für die weitere Verarbeitung zuschneidet. Im übertragenen Sinn auch mundartlich für: Zuhälter.

13,15 *Achterbahn:* klassisches und größtes Fahrgeschäft auf Volksfesten und in Vergnügungsparks, ursprünglich Berg- und Talbahnen. Die erste wirkliche Achterbahn (d.h. in Form einer Acht) wurde 1898 auf Coney Island bei New York eröffnet. Die erste Achterbahn Deutschlands, die aus Holz gefertigte »Riesen-Auto-Luftbahn«, wurde 1908 in München vorgestellt. 1909 wurde zum ersten Mal auf dem Oktoberfest die »Original. amerik. Figur 8 Bahn« präsentiert. 1928 stellte die »Gebirgs-Achterbahn« eine besondere Attraktion dar (vgl. KW 5,144).

13,23 *Glühwürmchen-Suite:* eigentl. *Glühwürmchen-Idyll*, Melodie aus der von Paul Lincke (1866–1946) komponierten Operette *Lysistrata* (1902). Nach Aussage seines Bruders Lajos von Horváth gehörte sie zu Ödön von Horváths Lieblingsmelodien (vgl. KW 5,144).

14,1 *illuminiert:* festlich erleuchtet.

14,9 f. *drehens Ihnen um:* (österr.) Drehen Sie sich um.

14,21 f. *Die Kleinen hängt man und die Grossen lässt man laufen:* Sprichwort nach dem lateinischen »Sacrilegia minuta puniuntur, magna in triumphis feruntur« (»Kleine Verbrechen werden bestraft, große gefeiert«) des römischen Philosophen Seneca (4 v. Chr. – 65 n. Chr.) in dessen *Epistulae morales* 87,23.

14,24 *pariert:* gehorcht.

15,2 *repariert:* wiederhergestellt.

15,15 *Parlez-vous française:* Parlez-vous français? (frz.): Sprechen Sie französisch?

16,29 *Waldhorn:* auch Jagdhorn. Blechblasinstrument, dessen Messingrohr vom Mundstück aus zylindrisch in kreisförmigen Windungen verläuft und in einem Schalltrichter endet.

16,32 *grosse Bär:* Sternbild am nördlichen Himmel. Die hellsten Sterne werden auch als »Großer Wagen« bezeichnet.

17,1 f. *Orion. Mit dem Schwert:* Das Sternbild des Orion ist vom Spätherbst bis zum Frühlingsanfang sowohl von der nördlichen als auch von der südlichen Erdhalbkugel aus zu sehen und aufgrund der Vielzahl heller Sterne und ihrer einprägsamen Anordnung eines der auffallendsten Sternbilder am Winterhimmel. Die drei in aufsteigender Linie und in gleichen Abständen nebeneinander stehenden Sterne werden als »Schwert des Orion bezeichnet.

18,14 *Peinsam:* salopp für: peinlich.

18,36–19,1 *Küsse nur die Spur ihres Trittes:* Gemeint ist: Unterwirf dich nur ihren Launen.

19,3 *Masochist:* Mensch, der (sexuelle) Lust oder Befriedigung nur erlebt, wenn er Schmerzen zugefügt bekommt oder gedemütigt wird. Der Begriff wurde 1886 erstmals von dem Psychiater und Rechtsmediziner Richard von Krafft-Ebbing (1840–1902) in Anlehnung an die Romane von Leopold von Sacher-Masoch (1836–1895) wissenschaftlich verwendet.

21,22 *Dich verrollst:* verschwindest.

22,18 *Parade der Zinnsoldaten:* Komposition op. 123 von Leon Jessel (1871–1942).

22,21 *Toboggan:* ursprünglich: kufenloser Schlitten nordamerikanischer Indianer. Die Bezeichnung wurde für eine Jahrmarktattraktion übernommen. Anton Bausch baute 1906 den ersten deutschen Toboggan, eine Turmrutschbahn, die im gleichen Jahr auf dem Oktoberfest präsentiert wurde. Der Fahrgast wird mittels eines schnell laufenden Förderbandes auf etwa acht Meter Höhe transportiert. Von dort steigt man auf Treppen zur Turmspitze und rutscht anschließend in einer sich um den Turm windenden Holzrinne hinunter.

23,13 *Saubär:* (bayr.) Schimpfwort für: Mann mit besonderer sexueller Aktivität.
bremsiger: (bayr.) unruhiger, geiler.

23,19 *Schnallentreiber:* (bayr.) Zuhälter.

23,27 *Blücher:* Gerhard Leberecht von Blücher, Fürst von Wahlstatt (1742–1819), preußischer Generalfeldmarschall. Die Redensart »Geht los wie Blücher«, die Horváth hier anführt, beschreibt ein sehr stürmisches und entschlossenes Vorgehen.

23,30 *bringt mir kein Brüning um:* Der von 1930 bis 1932 amtierende Reichskanzler Heinrich Brüning (1885–1970) betrieb Anfang der 1930er Jahre innenpolitisch eine starke Spar- und Deflationspolitik. In einer der im Rahmen seiner Notverordnungen herausgegebenen amtlichen Mitteilungen vom 28. Oktober 1930 hieß es: »Bei der großen wirtschaftlichen Not, mit der weiteste Kreise des deutschen Volkes zu kämpfen haben, muß jedes

Übermaß an Feiern und Vergnügungen vermieden werden« (zit. nach: Treue 1967, S. 116).

24,7 *Kirsch:* auch *Kirschwasser*, Obstbranntwein aus vergorener Kirschmaische.

Wiesenbier: auch: Wies'nbier; speziell für das Oktoberfest von Münchener Brauereien hergestelltes Bier, das mehr Stammwürze und damit auch einen höheren Alkoholgehalt aufweist.

26,10f. *Inflation:* Geldentwertung, besonders stark 1922/23. Als Folge der im Versailler Vertrag festgelegten Reparationszahlungen und der Kreditpolitik der Reichsbank kam es Mitte des Jahres 1922 zu einer lawinenartigen Verschlechterung der Devisenkurse und zu einer rapiden Geldentwertung. Im Juni 1923 erreichte die Inflation ihren ersten Höhepunkt: 1 Pfund Zucker kostete 1500 Mark, 1 Pfund Mehl 2500 Mark, 1 Pfund Fleisch 12000 Mark. Anfang November 1923 lagen die Preise für 1 Pfund Brot bei 260 Milliarden, für 1 Pfund Zucker bei 250 Milliarden und für 1 Pfund Fleisch bei 3,2 Billionen. Gegen Ende der Inflation entsprach 1 Billion Papiermark dem Wert von 1 Goldmark. Mit der Einführung der Rentenmark wurde die Inflation im November 1923 beendet.

26,29 *Spezielles:* Kurzform für den Trinkspruch: »Auf ihr spezielles Wohl!«

27,13 *Kommerzienrat:* Ehrentitel, der im Deutschen Reich bis 1919 Persönlichkeiten der Wirtschaft verliehen wurde. Zum Zeitpunkt der Entstehung und Handlung des Stückes gab es diese Form der Ehrung gemäß Artikel 109 der Weimarer Verfassung jedoch nicht mehr.

27,17 *GmbH:* Abkürzung für »Gesellschaft mit beschränkter Haftung«. Das Kapital einer GmbH wird in Gesellschaftsanteile zerlegt, die jeder Gesellschafter einbringen muss; die GmbH selbst haftet gegenüber den Gläubigern nur mit ihrem Gesellschaftsvermögen und nicht mit dem Privatvermögen der Gesellschafter.

27,18 *pro forma:* (lat.) der Form halber.

28,2 *Kinderkonfektion:* Konfektion: die fabrikmäßige Herstellung von Kleidung sowie die so hergestellten Kleidungsstücke selbst.

28,11 *Samos:* süßer, schwerer Wein von der griechischen Insel Samos.

28,14 *Erfurt:* In den 1930er Jahren Hauptstadt des gleichnamigen Regierungsbezirks der preußischen Provinz Sachsen und erste Großstadt Thüringens.

Thüringen: Landschaft in Mitteldeutschland.

28,15 *Weiden in der Oberpfalz:* Stadt im Regierungsbezirk der Oberpfalz, einem der sieben Regierungsbezirke Bayerns.

29,4 *Rhinozeros:* Nashorn.

29,18 *Don Quichotte:* französische Schreibweise für: Don Quijote bzw. Don Quixote. Der Name des Helden von Miguel de Cervantes' (1547–1616) weltberühmtem Roman *El ingenioso hidalgo Don Quixote de la Mancha* (1605; »Der sinnreiche Junker Don Quijote von der Mancha«) wird u. a. auch für einen weltfremden, ungelenken Mann verwendet.

29,20 *Tableau:* (frz.) Tafel, Tafelgemälde; aber auch, wie hier, Ausruf, wenn man sich in einem Gespräch geschlagen geben muss.

30,6 *Landgerichtsdirektor:* vorsitzender Richter eines Landgerichts.

31,7f. *eine Büroangestellte auch nur eine Proletarierin:* Anspielung auf Siegfried Kracauers (1889–1966) Essay *Die Angestellten. Aus dem neuesten Deutschland* (1930). Kracauer setzt sich darin mit dem Wandel der gesellschaftlichen Situation der Angestellten auseinander. Dabei beruft er sich auf die These des Soziologen Emil Lederer (1882–1939), dass »die Angestellten das Schicksal des Proletariats teilen« und dass nicht mehr der Betrieb der gesellschaftliche Raum sei, in dem »die moderne Sklaverei« stattfinde, sondern dass »dieser soziale Raum [...] das Bureau« (Kracauer 1971, S. 13) sei.

31,28 *die letzte Rose:* eigentl. *The Last Rose of Summer*, Lied aus den *Irish Melodies* (1808f.) von Thomas Moore (1779–1852). Ihre Popularität verdankt diese Melodie der Oper *Martha oder Der Markt zu Richmond* (1847) von Friedrich von Flotow (1812–1883) (vgl. Wöhrle 2002, S. 137).

32,4 *gesteckt voll:* gsteckt voll (österr.): überfüllt.

32,9 *Bulldoggkopf:* engl. *bulldog*, Bulldogge: Oberbegriff für eine gedrungene, kräftige Hunderasse; ursprünglich in England gezüchtet, um sie auf Bullen zu hetzen (»Bullenbeißer«). Hier ist eine menschliche Abnormität (vgl. Anm. zu 6 [Personen]) gemeint, bei der der Kopf vermutlich sehr groß und der Unterkiefer markant ausgeprägt ist.

32,28 *Clou:* (frz.) Glanzpunkt.

33,3 *Zwickau:* in den 1930er Jahren Hauptstadt der gleichnamigen Kreishauptmannschaft, d. h. des Regierungsbezirks.

33,19 *Meschugge:* (ugs.) verrückt (der aus dem Jiddischen stammende Begriff ist abgeleitet aus dem gleichbede[...] schen m'schuggah).

34,13 f. *Bolschewismus:* Der Begriff wurde zumeist in einem abwertenden Sinne für die kommunistischen Parteien Europas verwendet. Er leitet sich von der Eigenbezeichnung der radikalen Fraktion der Sozialdemokratischen Arbeiterpartei Russlands (SDAPR) ab: Die Anhänger Lenins, die einen baldigen Umsturz in Russland forderten, stellten auf dem zweiten Parteitag der SDAPR in London 1903 die Mehrheit (russ. *bolschewiki* ›Mehrheitler‹), die auf Reformen Setzenden blieben in der Minderheit (russ. *menschewiki* ›Minderheitler‹). Im Laufe der Zeit entwickelte sich der Fraktionsname zu einem politischen Kampfbegriff. Zunächst benutzten den Begriff »Bolschewiken« und »Bolschewismus« westeuropäische Sozialdemokraten, dann vor allem die Nationalsozialisten und seit den späten 1940er Jahren anglo-amerikanische Politiker als Sammelbegiff für die Ideologie des Leninismus bzw. Marxismus-Leninismus oder allgemeiner Kommunismus.

37,8 *piano:* (ital.) leise, schwach.
Radetzkymarsch: populärer, zu Ehren von Feldmarschall Josef Wenzel Graf Radetzky von Radetz (1766–1858) komponierter Marsch (op. 228) von Johann Strauß (Vater; 1804–1849).

37,10 f. *Friedrichshafen:* am nördlichen Ufer des Bodensees gelegene Stadt und Sitz der Zeppelinwerft.

38,7 *auf einem ausgeleierten Piano:* Piano: Klavier. Das Motiv des verstimmtem Klaviers verwendet Horváth auch in anderen Dramen wie z. B. *Geschichten aus dem Wiener Wald.*

38,8 *Barcarole:* Lied der venezianischen Gondelfahrer.
Hoffmanns Erzählungen: Im Original *Les Contes d'Hoffmann*, phantastische Oper in vier Akten von Jacques Offenbach (1819–1880). Das Libretto von Jules Barbier (1825–1901) basiert auf den Erzählungen *Der Sandmann*, *Rat Krespel*, *Das verlorene Spiegelbild* und Motiven aus weiteren Werken des deutschen Romantikers E. T. A. Hoffmann (1776–1822).

38,13–30 *Schöne Nacht … Ach:* Gondellied aus der Oper *Hoffmanns Erzählungen.*

39,11 f. *Bayerischen Defiliermarsch von Scherzer:* auch als »Bayeri-
…Avanciermarsch« von Adolf Scherzer (1815–1864) bekannt.
…ner betriebene Münchener Brau-
…est vertreten ist.
…hard Dittrich kompo-
…ischen Trinkspruch

»Eins, zwei, drei, gsuffa« von Georg Kunoth (1863–1927) zu den bekanntesten ›Wies'n-Hymnen‹ gehört.

40,15 *Finanzminister:* Anspielung auf den Politiker Hermann Robert Dietrich (1879–1954), der im Kabinett Brüning von 1930 bis 1932 das Amt des Finanzministers inne hatte und damit Brünings Deflationspolitik nach außen vertreten musste. Dietrich war Mitbegründer der Deutschen Demokratischen Partei (DDP), die 1933 Hitlers Ermächtigungsgesetz zustimmte.

40,21 *Führerschein:* Urkunde zur Erteilung der Fahrerlaubnis. 1910 wurden in Deutschland Führerscheinklassen eingeführt. Zunächst gab es vier: Klasse 1 für Krafträder, Klasse 2 für Kraftfahrzeuge über 2,5 Tonnen zulässiges Gesamtgewicht. Die Klassen 3a und 3b teilten sich die Kraftwagen bis 2,5 Tonnen mit zehn oder mehr PS.

41,3–10 *Ich schiess den Hirsch … schon gespürt: Jägers Liebeslied,* siebenbürgisches Volkslied (1826) von Franz Schober (1796–1882); Melodie von Franz Schubert (1797–1828).

41,25 *täglich Tausende:* Aufgrund der schlechten wirtschaftlichen Situation stieg 1932 die Zahl der Suizide an. »Mit 260 Selbstmorden auf jede Million Einwohner steht Deutschland in weitem Abstand an der Spitze einer traurigen Statistik. Die Vergleichszahlen lauten für England: 85, USA: 133; Frankreich: 155« (zit. nach: Treue 1967, S. 338).

42,4–9 *Trink, trink, Brüderlein … ein Scherz:* Text und Musik dieses 1927 entstandenen Trinkliedes stammen von Wilhelm Lindemann (1882–1941).

42,12 *Jetzt werd ich aber elementar:* elementar: hier: grundsätzlich.

43,16 *perplex:* verblüfft.

44,14 *Kompressor:* Verdichter. Gemeint sind hier die Antriebsmaschine eines Sportwagens und gleichzeitig das Auto selbst. Der Begriff wird im weiteren Verlauf des Gesprächs zweideutig gebraucht und bezieht sich auf das Geschlechtsteil des Mannes.

44,33 *Herrgottsackelzement:* Verballhornung des Fluches »Herrgottsakrament«.

45,29 *gewissen Paragraphen:* Gemeint ist § 242 des deutschen Strafgesetzbuches, auch Diebstahls-Paragraph: »Wer eine fremde bewegliche Sache einem anderen in der Absicht wegnimmt, die Sache sich oder einem Dritten rechtswidrig zuzueignen, wird […] bestraft.«

46,14 *Schlampen:* (bayr., österr.) liederliches Weib, Hure.

46,19 *Rohr im Winde:* Anspielung auf das Lukasevangelium: »Als aber die Boten des Johannes weggegangen waren, fing Jesus an, zu den Volksmengen über Johannes zu reden: Was seid ihr in die Wüste hinausgegangen zu sehen? Ein Schilfrohr, vom Wind hin und her bewegt« (Lk 7,24). Gemeint ist: jemand, der wankelmütig und unsicher ist.

46,24 *Leergebrannt ist die Stätte:* nach einer Zeile aus Friedrich Schillers (1759–1805) *Lied von der Glocke*: »Leergebrannt / Ist die Stätte« (Lied von der Glocke, V. 211).

47,12–19 *Und blühn einmal ... nicht mehr:* Die Melodie dieses Liedes, mit dem Titel *Wenn's Mailüfterl weht*, stammt von Joseph Kreipl (1805–1866) und der Text von Anton von Klesheim (1812–1884).

47,22 *Petersburger Schlittenfahrt:* Komposition op. 57 von Richard Eilenberg (1848–1925).

47,25 *Hippodrom:* Reitbahn. 1902 stellte Carl Gabriel erstmals auf dem Oktoberfest ein Hippodrom auf, das in den 1930er Jahren als »Carl Gabriel's Pracht-Reitbahn« zu einer besonderen Attraktion wurde.

48,4 *Damensattel:* spezieller Sattel für Frauen. Die Reiterin sitzt im Seitsitz, das heißt mit beiden Beinen auf einer Seite des Pferdes. Zwei Hörner, eines am rechten Oberschenkel und ein tiefer gelegtes am Knie, geben der Reiterin Halt.

48,7 *kavalleristisch:* Kavallerie: (milit.) Reitertruppe.

48,15 *Estrade:* podestartig erhöhter Teil des Fußbodens.

48,28 *Amazone:* In der griechischen Mythologie waren die Amazonen ein matriarchalisch organisiertes, kriegerisches Frauenvolk. Der Begriff steht heute auch für: Turnierreiterin.

49,15 *Arosa:* Kur- und Ferienort im Schweizer Kanton Graubünden, in dem ab 1888 vor allem Lungenleiden behandelt wurden.

50,18f. *empfehlen wir uns jetzt auf französisch:* Redensart für: heimlich fortgehen (ohne sich zu verabschieden).

50,25 *Akkurat:* (süddt., österr.) genau; hier: genauso einer wie.

50,27 *sprichst Du spanisch:* nach der Redensart: »Etwas kommt einem spanisch vor« für: »Etwas kommt einem unverständlich vor.«

51,9 *Ulan:* Mitglied einer mit Lanzen, Säbeln und Pistolen bewaffneten, ursprünglich polnischen Kavallerieeinheit, die auch als leichte Reiterei bezeichnet wurde.

51,17 *Ein politisch Lied ein garstig Lied:* nach einer Zeile aus Johann Wolfgang Goethes *Faust I* (Szene »Auerbachs Keller in Leipzig«): »Ein garstig Lied! Pfui! ein politisch Lied!« (V. 2093)

51,30 *Kabriolett:* Auto mit zurückklappbarem Verdeck.

51,33 *Altötting:* etwa 90 km östlich von München gelegene Kleinstadt in Oberbayern, die als Wallfahrtsort überregionale Bedeutung erlangte.

52,20–27 *Ja wir sind Zigeuner ... »Ja« hat sie gelacht:* vermutlich eine Parodie, die auf die Melodie eines Marsches (*Ein flotter Studio*, Marsch-Polka op. 252) von Philipp Fahrbach jun. (1843–1894) gesungen wurde. 1892 wurde diese Melodie als »Helgoländer Tanz« vermarktet, später auch als »Krokodil-Marsch«, mit dem Text: »Auf der grünen Wiese / hab ich sie gefragt: / ›Liebst Du mich, Luise?‹ / ›Ja‹, hat sie gesagt.« Parodiert wurde diese Fassung mit den Worten: »Auf der grünen Wiese / hab ich sie gefragt: / ›ob sie mich mal ließe‹, / ›Ja‹, hat sie gesagt.«

53,9 *Ludwig dem Fünfzehnten:* Louis XV., König von Frankreich (1710–1774), der weniger durch seine Politik als durch seinen ausschweifenden Lebensstil und seine Mätressenwirtschaft in die Geschichte einging. Madame de Pompadour (1721–1764) und Madame Dubarry (1743–1793) zählten zu den bekanntesten seiner Mätressen.

54,19 f. *getrennt – von Tisch und Bett:* (ugs.) geschieden.

54,30 *Blutsturz:* plötzlicher, starker Erguss von hellrotem, schaumigen Blut aus Mund und Nase, der nicht durch eine Verletzung herbeigeführt wird.

55,27 *Mailüfterl:* vgl. Anm. zu 47,12–19.

56,20 *Kriminaler:* (süddt.) Kriminalbeamter.

56,22 *A priori:* (lat.) von vornherein, von der Wahrnehmung unabhängig.

57,14 f. *So ändert man sich mit dem Leben:* Dem Kaiser Lothar I. (795–855) zugeschriebener Ausspruch: »Omnia mutantur, nos et mutamur in illis« (»Alles ändert sich, und wir ändern uns mit«), meist wie folgt zitiert: »Tempora mutantur, nos et mutamur in illis« (»Die Zeiten ändern sich, und wir ändern uns mit ihnen«).

57,21 *Siegestor:* Triumphbogen in München, der sich am Ende der Ludwigstraße befindet. Im Auftrag König Ludwigs I. (1786–1868) wurde das Siegestor von 1843 bis 1852 nach dem Vorbild des Konstantinbogens in Rom von Friedrich von Gärtner

(1792–1847) errichtet und nach dessen Tod von seinem Schüler Eduard Metzger (1807–1894) vollendet.

57,22 *Zeiserlwagen:* Polizeiwagen zum Abtransport von Verhafteten (von bayr. *zeiseln* ›eilen‹; der »Zeiselwagen« – ursprünglich ein Leiterwagen mit Sitzbrettern – war also wörtlich ein ›Eilwagen‹).

57,28 *1919:* Anspielung auf die gewaltsame Beendigung der Räterepublik in München im Mai 1919. Reichswehrtruppen und Freikorps erhielten von der Reichsregierung den Auftrag, gegen sozialistische und kommunistische Rätemilizen vorzugehen, und lösten die Räterepublik dadurch gewaltsam auf, dass jeder standrechtlich erschossen wurde, den man bewaffnet antraf.

58,20f. *Der Mensch ist halt ein Produkt seiner Umgebung:* Kernaussage der materialistischen Kulturtheorie.

58,23f. *»Der erotische Komplex«:* Gemeint ist Ernst Schertels (1884–1958) Sachbuchreihe *Der erotische Komplex: Untersuchungen zum Problem der paranormalen Erotik in Leben, Literatur und Bildnerei.* Berlin: Pergamon-Verlag, 1932 (zwei Bände in je drei Lieferungen). Schertel selbst stand in den 1930er Jahren als treibende Kraft hinter dem Parthenon-Verlag Leipzig, in dem eine Reihe reich illustrierter Sachbücher zu sadomasochistischen und fetischistischen Themen erschien.

59,14 *Militärmarsch 1822:* Komposition op. 51 von Franz Schubert (1797–1828).

59,23 *das blonde Gift:* (ugs.) verführerische Blondine.

60,5 *damisch:* (süddt., österr.) dämlich, dumm.

60,12 *Zahlungsbefehle:* Rechnungen.

60,15 *Munderotik:* erotische Prahlerei.

61,2 *Austro-Daimler:* Bezeichnung für ein in Wiener Neustadt gebautes viertüriges Luxuskabriolett des 1899 unter dem Namen »Österreichische Daimler Motoren Commanditgesellschaft Bierenz Fischer u. Co« gegründeten Unternehmens, eines Tochterbetriebs des Cannstatter Daimler-Werkes.

65,11 *Casanova:* nach dem italienischen Abenteurer und Schriftsteller Giacomo Girolamo Casanova (1725–1798) Bezeichnung für: Frauenheld, galanter Verführer.

65,14 *Regens Ihnen nur nicht auf:* (bayr.) Regen Sie sich nur nicht auf.

66,18f. *Walzer »Bist Dus lachendes Glück?«:* Lied aus der Operette *Der Graf von Luxemburg* (1909) von Franz Lehár (1870–

1948), Text von A. M. Willner (1858–1929) und Robert Bodansky (1879–1923).

66,23 *Ausstellung:* 1908 eröffneter Ausstellungspark, der sich auf der Theresienhöhe hinter der Ruhmeshalle befindet.

67,28 *Schnallen:* Schnalle: ursprünglich in der Jägersprache: Vulva des Wildes; (ugs.) vulgärer Ausdruck für: Frau.

67,33 f. *fünf Jahr Zuchthaus:* Das Strafgesetzbuch unterschied damals zwischen einfachem Diebstahl (§ 242), der mit Gefängnis bis zu fünf Jahren, und Rückfalldiebstahl, der als schwerer Diebstahl (§ 243) mit Zuchthaus bis zu zehn Jahren bestraft wurde.

68,1 *Tuberkulose:* chronisch verlaufende Infektionskrankheit, deren Bakterium 1882 erstmals von Robert Koch (1843–1919) beschrieben wurde. In ärmeren Bevölkerungsschichten bestand aufgrund des dort herrschenden Mangels an Hygiene eine erhöhte Ansteckungsgefahr.

69,35 *En gros:* (frz.) im Großen, in größeren Mengen.

72,17 *Coué:* Émile Coué (1857–1926), Apotheker und Begründer der modernen Autosuggestion. Seine Heilungsmethoden bestanden in der Aktivierung der Selbstheilungskräfte seiner Patienten. Große Erfolge konnte man seiner Theorie nach mit der einfachen Übung erzielen, sich täglich den Satz »Es geht mir mit jedem Tag in jeder Hinsicht immer besser und besser« halblaut vorzusprechen, damit der Satz über den Gehörsinn im Unterbewusstsein verankert wird.

Glaube Liebe Hoffnung

78,28 *ausgesteuert:* Aussteuerung: das Ende des Bezugs von Leistungen aus der Arbeitslosenversicherung.

79,7 *Spitaler:* Insasse eines Krankenhauses (österr.: Spital).

79,13 *Volan:* (frz.) Lenkrad, Steuer.

79,27 *Zeppelin:* vgl. Anm. zu 7,17.

Karoline, die Schönheit von Haidhausen

87 [Strukturplan] *Herreros:* die Herero (oder: Hereros): ein Hirtenvolk im südlichen Afrika.

Kasimir und Katharina

89 [Strukturplan] *Abnormität:* vgl. Anm. zu 6 [Personen].
90,19 *Achterbahn:* vgl. Anm. zu 13,15.
91,13 *Zeppelin:* vgl. Anm. zu 7,17.
91,17 *Oberammergau:* vgl. Anm. zu 8,16f.
92,9 *Kommilitone:* Mitstudent, Studienkollege.
92,28 *Augustiner:* Festzelt des Augustinerbräu, der im 14. Jahrhundert gegründeten ältesten noch bestehenden Brauerei Münchens.
93,15f. *So lang der alte Peter:* vgl. Anm. zu 7,3.
93,16 *Eins, zwei, drei – gsuffa:* vgl. Anm. zu 40,7.
93,22 *Kandarre:* Kandare: Teil des Zaumzeugs für Pferde, Gebissstange; »an die Kandare nehmen« bedeutet »streng behandeln«.
94,24f. *das preussische Dreiklassenwahlrecht:* Form des Wahlrechts, das 1849 vom preußischen König Friedrich Wilhelm IV. zur Wahl des Abgeordnetenhauses eingeführt wurde und bis 1918 in Kraft blieb. Die Wähler wurden nach der Höhe ihrer Steuerleistung in drei Klassen eingeteilt und besaßen so ein sehr unterschiedliches Stimmgewicht.
94,28 *ein Prosit der Gemütlichkeit:* vgl. Anm. zu 40,7.
96,19f. *Jesuiten:* Mitglieder der katholischen Ordensgemeinschaft »Societas Jesu«. Der Orden war lange Zeit starken Anfeindungen ausgesetzt, da er von seinen Gegnern zahlreicher Verschwörungen verdächtigt wurde. Durch ihren strengen Gehorsam gegenüber dem Papst setzte sich in der Gesellschaft das Bild des Intrigen spinnenden Jesuiten, der protestantische und aufklärerische Bestrebungen torpediert, fest, das den Anfang der Geschichte neuzeitlicher Verschwörungstheorien markiert.
96,20 *Freimauerer:* Freimaurer: weltumspannende humanitäre Gemeinschaft, die in Logen organisiert ist und Menschen aller sozialer Schichten, Bildungsgrade und religiöser Vorstellungen vereint. Durch ein Gelöbnis sind Freimaurer an Verschwiegenheit über gemeinschaftliche Erkennungszeichen, Rituale und vertrauliche Informationen anderer Mitglieder gebunden, damit Gesagtes und Erfahrenes nicht nach außen getragen wird. Da sie aus diesem Grund der breiten Öffentlichkeit meist unbekannt und häufig suspekt erschienen, wurden sie häufig als Geheimbund bezeichnet und verfolgt und waren Thema von Verschwörungstheorien.

96,24 f. *dass ich feil keine solche … Handbewegung mehr seh:* feil: eigtl. *fei* (bayr., österr.): wirklich, wohl, doch.
97,4 *Liquer:* Liqueur: (frz.) Likör.
97,10 *japanischen Ringwerfen:* Jahrmarktsattraktion, bei der mit Ringen Preise ausgeworfen werden.
97,22 *abgebaut:* vgl. Anm. zu 9,3.
97,31 f. *Kennst Du das Tal … die Wolken ziehn:* Variante auf ein Lied mit dem Text: »Kennst Du das Tal im Alpengrün / wo abends rot die Berge glühn / die Quelle brausend niederrauscht / der Jäger kühn das Wild belauscht / Wo 's Alpenlied so traulich schallt / und in den Bergen widerhallt / Dort wo die Glocken klingen hell, / In diesem Tal liegt Bayrischzell.« Text und Musik stammen von Martin Staudacher (1857–?).
98,2 *Kirsch:* vgl. Anm. zu 24,7.
98,10 *Der wahre Mensch:* möglicherweise Anspielung auf die von Friedrich Nietzsche (1844–1900) in seiner Schrift *Die Geburt der Tragödie aus dem Geiste der Musik* (1872) entwickelten Thesen.
Rilke: Rainer Maria Rilke (1875–1926), österreichischer Autor, einer der bedeutendsten Lyriker des deutschen Sprachraums.
99,5 *Ich schiess den Hirsch im wilden Forst:* vgl. Anm. zu 41,3–10.
100,15 f. *Buldoggkopf:* vgl. Anm. zu 32,9.
102,10 *lateinischen Hieroglyphen:* Unter Hieroglyphen versteht man eine Schrift, die sich meist aus Zeichen in Form von schematischen Bildern zusammensetzt (z. B. ägyptische Hieroglyphen). Lateinische Hieroglyphen gibt es jedoch nicht. Gemeint ist hier die für Karoline unverständliche Rede der Akademiker.
102,34 f. *Arie der Giuletta aus Hoffmanns Erzählungen, von Jaques Offenbach:* Arie der Giulietta aus Jacques Offenbachs Oper *Hoffmanns Erzählungen* (vgl. Anm. zu 38,8).
103,2 f. *Liebesnacht … mein Verlangen:* vgl. Anm. zu 38,13–30 und 38,8.
104,1 *die Rappen:* Rappe: Pferd, dessen Schweif, Mähne und Fell schwarz sind. Gemeint sind hier aber Pferdestärken, d. h. das Auto.
104,10 *Briganten:* frühere italienische Bezeichnung für: Straßenräuber.
104,20 *Samos:* vgl. Anm. zu 28,11.
104,24 *Taschenlaterne:* Taschenlampe.

105,9 *Landgerichtsdirektor:* vgl. Anm. zu 30,6.
106,29 *Dr. h. c.:* Doctor honoris causae (lat.): Doktor ehrenhalber; der Titel wird von einer Universität an verdienstwürdige Personen verliehen, auch wenn sie keine Doktorarbeit (Dissertation) oder keine an dieser Universität verfasst haben.
107,23 *pedant:* pedantisch, kleinlich.
107,34 *Gaudeamus igitur:* (lat.) »Lasst uns also fröhlich sein!«, eines der bekanntesten Studentenlieder, das in der literarischen Bearbeitung von Christian Wilhelm Kindleben (1748–1785) in dem ersten gedruckten Liederbuch studentischer Lieder 1781 erschienen ist.
110,12 *elementar:* vgl. Anm. zu 42,12.
110,25 f. *Ach wie so trügerisch … scherzen:* Übersetzung der Arie *La donna è mobile* aus der Oper *Rigoletto* von Giuseppe Verdi (1813–1901).
112,24 *Nachtkastl:* (süddt., österr.) Nachtkästchen, Nachttisch.
113,22 *Schneebrunzer:* (bayr., österr.) Schimpfwort; eigtl.: Männer, die in den Schnee urinieren.
114,2 *degenerierte:* verkommene.
115,7 *Fotzen:* (bayr., österr. ugs.) Ohrfeigen.

Kasimir und Karoline (Emil Wegmann)

117 [Strukturplan] *Abnormitäten:* vgl. Anm. zu 6 [Personen].
118,11 *Zerberus:* In der griechischen Mythologie häufig mit drei Köpfen dargestellter Hund, der den Eingang zur Unterwelt bewacht.
118,16 *Entree:* Entrée (frz.): Eintritt.
118,23 *Zeppelin:* vgl. Anm. zu 7,17.
118,26 *Liliputaner:* vgl. Anm. zu 6 [Personen].
118,28 *Eckener:* vgl. Anm. zu 7,21.
119,23 *in spe:* (lat.; wörtlich ›in der Hoffnung‹) zukünftig.
120,19 *degeneriert:* hier: unterentwickelt.
121,3 *Bukowina:* früher auch deutsch als »Buchenland« bezeichnet; historische Landschaft im südöstlichen Mitteleuropa, die heute zur Ukraine und zu Rumänien gehört.
121,26 f. *vegetieren:* vgl. Anm. zu 10,15.
123,15 *Oberammergau:* vgl. Anm. zu 8,16 f.
123,30 *Achterbahn:* vgl. Anm. zu 13,15.

124,8 *Kommilitone:* vgl. Anm. zu 92,9.

125,16 *So lang der alte Peter:* vgl. Anm. zu 7,3.

125,17 *Eins, zwei, drei – gsuffa:* vgl. Anm. zu 40,7.

125,23 *Kandarre:* vgl. Anm. zu 93,22.

126,24 f. *das preussische Dreiklassenwahlrecht:* vgl. Anm. zu 94,24 f.

126,28 *ein Prosit der Gemütlichkeit:* vgl. Anm. zu 40,7.

128,5 *Akkurat:* vgl. Anm. zu 50,25.

128,16 *Jesuiten:* vgl. Anm. zu 96,19 f.
Freimauerer: vgl. Anm. zu 96,20.

128,21 f. *dass ich feil keine solche … Handbewegung mehr seh:* vgl. Anm. zu 96,24 f.

129,3 *Liquer:* vgl. Anm. zu 97,4.

129,9 *japanischen Ringwerfen:* vgl. Anm. zu 97,10.

129,21 *abgebaut:* vgl. Anm. zu 9,3.

129,30–130,2 *Kennst Du das Tal … Bayrischzell:* vgl. Anm. zu 97,31 f.

130,6 *Kirsch:* vgl. Anm. zu 24,7.

130,14 *Der wahre Mensch:* vgl. Anm. zu 98,10.
Rilke: vgl. Anm. zu 98,11.

131,11 *Ich schiess den Hirsch im wilden Forst:* vgl. Anm. zu 41,3–10.

133,2 *Buldoggkopf:* vgl. Anm. zu 32,9.

133,10 *Clou:* (frz.) Glanzpunkt.

134,7 *Bolschewismus:* vgl. Anm. zu 34,13 f.

134,29 f. *Arie aus der Oper »Hoffmanns Erzählungen«:* vgl. Anm. zu 38,8.

135,1 *fusselt:* füßeln: sich mit den Füßen unter dem Tisch berühren.

135,3 f. *Liebesnacht … mein Verlangen:* vgl. Anm. zu 38,13–30 und 38,8.

135,16 *Hippodrom:* vgl. Anm. zu 47,25.

135,17 *Estrade:* vgl. Anm. zu 48,15.

136,12 f. *Führerschein:* vgl. Anm. zu 40,21.

136,17 *Buick:* amerikanische Automobilmarke der 1903 gegründeten Buick Motor Company, bis Ende der 1970er Jahre eine der erfolgreichsten Marken von General Motors.

137,9 f. *alma mater:* (lat.) »Nahrung spendende Mutter«, im deutschen Sprachraum Bezeichnung für: Universität.

137,22 *verpatzen:* verderben.

137,34 *Samos:* vgl. Anm. zu 28,11.

138,24 *haperts:* mangelt es.

138,26 *Krupp:* Familiendynastie von Industriellen, die im 19. und 20. Jahrhundert mit dem Krupp-Konzern eines der größten Unternehmen Europas aufbauten. Von 1886 bis 1945 gehörte die Krupp AG zu den wichtigsten Rüstungsherstellern.

138,28 *Vickers:* ursprünglich als Vickers Limited 1828 gegründeter bedeutender britischer Maschinenbau- und Rüstungskonzern, der sich 1927 mit einer anderen Firma zu Vickers Armstrongs Ltd. vereinigte.

138,30 *Skakerrag:* Skagerrak: Teil der Nordsee zwischen Dänemark, Norwegen und Schweden. Ende Mai 1916 fand in diesem Gebiet die größte Seeschlacht des Ersten Weltkrieges statt.

138,32 *Fort Douamont:* Fort de Douaumont: französische Verteidigungsanlage in Lothringen, die in der Schlacht von Verdun im Ersten Weltkrieg schwer umkämpft war.

139,28 *satisfaktionsfähig:* Satisfaktion (lat., »Genugtuung«) war in adligen und hochbürgerlichen Kreisen eine Form der Wiedergutmachung einer Beleidigung bzw. die Verpflichtung, nach einer Beleidigung eine solche Genugtuung einzufordern. Aber nicht jeder konnte in diesem Sinne etwa zu einem Duell gefordert werden (z. B. niedere Stände). Jemandem die Satisfaktionsfähigkeit abzusprechen stellt insofern eine schwere Beleidigung dar.

140,12 *zugepickten:* (österr., ugs.) zugeklebten.

141,20 *Dr. h. c.:* vgl. Anm. zu 106,29.

141,35 *in einer Tur:* in einer Tour: fortwährend.

142,15 *Solang der alte Peter:* vgl. Anm. zu 7,3.

142,16 *Eins, zwei, drei gsuffa:* vgl. Anm. zu 40,7.

144,10–17 *Und blühen einmal … nichtmehr:* vgl. Anm. zu 47,12–19.

145,4f. *Feldafing:* Gemeinde in Oberbayern, am Westufer des Starnberger Sees; bekannt durch die vorgelagerte Roseninsel und das Hotel Kaiserin Elisabeth, die beide beliebte Aufenthaltsorte der österreichischen Kaiserin Elisabeth (»Sisi«, 1837–1898) waren.

145,8 *Kompressor:* vgl. Anm. zu 44,14.

146,21–30 *Ich schiess den Hirsch … schon gespürt:* vgl. Anm. zu 41,3–10.

146,32 *Jesass:* Jessas, Jesses: Ausruf des Erschreckens oder Erstaunens (verballhornt aus: Jesus).

150,9 *Pyramidon:* Markenname für ein Mittel zur Fieberbekämpfung sowie gegen Kopf- und Körperschmerzen.

151,24 *Starnberg:* etwa 25 km südwestlich von München am Starnberger See gelegene Stadt in Oberbayern, die als Ausflugs- und Erholungsort bekannt ist.

153,30 *grossen Bären ... Orion:* vgl. Anm. zu 16,32 und 17,1 f.

Die Wiesenbraut

158,23 *Milljöh:* berlinerische Schreibung von »Milieu«, die auf die von Heinrich Rudolf Zille (1858–1929) in dessen Zeichnungen verewigten untragbaren Lebensbedingungen sozialer Unterschichten in Berliner Hinterhöfen anspielt.

Briefentwurf an das Kleine Theater in Wien

167,27 *Lönner:* Ernst Lönner (1903–?), Regisseur, Schauspieler und Filmautor, der 1935 *Kasimir und Karoline* erstmals in Österreich inszenierte. Nach einem einmaligen Gastspiel der Gruppe Ernst Lönner in der Komödie in Wien wurde das Stück noch sechsmal in den Wiener Kammerspielen gezeigt und später ins Repertoire des Kleinen Theaters in Wien aufgenommen. Lönner hatte für diese Aufführung das Stück mit zusätzlichen, einleitenden und verbindenden Liedern versehen, deren Texte von Georg Alfred und ihm selbst und deren Musik von J. C. Knaflitsch stammten.

Literaturhinweise

Der Nachlass Ödön von Horváths samt einer Leihgabe der Wienbibliothek im Rathaus befindet sich am Österreichischen Literaturarchiv der Österreichischen Nationalbibliothek in Wien. Materialen aus diesen Beständen werden unter Verwendung der entsprechenden Signaturen angeführt und zitiert: *ÖLA* steht für das Österreichische Literaturarchiv, *IN* für die Inventarnummer der Wienbibliothek im Rathaus, *BS* für die (alte) Berliner Signatur.

GW Ödön von Horváth: Gesammelte Werke. 4 Bde. Hrsg. von Dieter Hildebrandt, Walter Huder und Traugott Krischke. Frankfurt a. M.: Suhrkamp, 1970/71. [*Kasimir und Karoline* in Bd. 1. S. 253–324.]

KW Ödön von Horváth: Kommentierte Werkausgabe in Einzelbänden. 14 Bde. Hrsg. von Traugott Krischke unter Mitarb. von Susanna Foral-Krischke. Frankfurt a. M.: Suhrkamp, 1983–88. [Bd. 5: *Kasimir und Karoline*; Bd. 6: *Glaube Liebe Hoffnung*.]

WA Ödön von Horváth: Wiener Ausgabe sämtlicher Werke. Am Österreichischen Literaturarchiv der Österreichischen Nationalbibliothek hrsg. von Klaus Kastberger. Berlin: de Gruyter, 2009 ff. [Bd. 4: *Kasimir und Karoline*. Hrsg. von Klaus Kastberger und Kerstin Reimann.]

Bartsch, Kurt: Ödön von Horváth. Stuttgart/Weimar 2000.

Baumgartner, Wilhelm Martin: Lied und Musik in den Volksstücken Ödön von Horváths. In: Krischke 1988. S. 154–180.

Benthien, Claudia: Die stumme Präsenz. Zur ›Figur‹ des Schweigens bei Ödön von Horváth. In: Gabriele Brandstätter / Sibylle Peters (Hrsg.): de figura. Rhetorik – Bewegung – Gestalt. München 2002. S. 195–220.

Bossinade, Johanna: Ödön von Horváth: Kasimir und Karoline. Entstellte Rede. In: Interpretationen. Dramen des 20. Jahrhunderts. Bd. 1. Stuttgart 1996. S. 399–423.

Dürrenmatt, Friedrich: Notiz. In: Krischke 1973. S. 207–208.

Haag, Ingrid: Ödön von Horváth. Fassaden-Dramaturgie. Beschreibung einer literarischen Form. Frankfurt a. M. 1995.

Handke, Peter: Die Arbeit des Zuschauers. In: P. H.: Ich bin ein Bewohner des Elfenbeinturms. Frankfurt a. M. [6]1979. S. 88–125.
Hart Nibbrig, Christiaan: Rhetorik des Schweigens. Versuch über den Schatten literarischer Rede. Frankfurt a. M. 1981.
Hein, Jürgen: Ödön von Horváth: Kasimir und Karoline. In: Harro Müller-Michaels (Hrsg.): Deutsche Dramen: Interpretationen zu Werken von der Aufklärung bis zur Gegenwart. Bd. 2: Von Hauptmann bis Botho Strauss. Königstein i. Ts. 1981. S. 42–67.
– Unbewältigte Realität und Verstummen des Dialogs. Bemerkungen zum Volksstück um 1930. In: Thomas Althaus / Eckehard Czucka / Burkhard Spinnen (Hrsg.): »Die in dem alten Haus der Sprache wohnen«. Beiträge zum Sprachdenken in der Literaturgeschichte. Helmut Arntzen zum 60. Geburtstag. Münster 1991. S. 501–512.
Hollmann, Helga: Von der Auslösung zwischenmenschlicher Konflikte durch die ökonomische Situation. Ein Beitrag zur Gesellschaftspolitik. In: Krischke 1973. S. 39–46.
Joas, Hans: Ödön von Horváth: Kasimir und Karoline. In: Krischke 1973. S. 47–62.
Kastberger, Klaus (Hrsg.): Ödön von Horváth: Unendliche Dummheit – dumme Unendlichkeit. Wien 2001. [Zit. als: Kastberger 2001.]
– Der Nachlaß Ödön von Horváths am Österreichischen Literaturarchiv. Perspektiven für die Forschung. In: Ute Karlavaris-Bremer / Karl Müller / Ulrich N. Schulenburg (Hrsg.): Geboren in Fiume. Ödön von Horváth 1901–1938. Lebensbilder eines Humanisten. Wien 2001. S. 27–42.
– Zwei Mundvoll Schweigen. Abstürze der Rede in Literatur und Philosophie. In: K. K. / Konrad Paul Liessmann (Hrsg.): Die Dichter und das Denken. Wechselspiele zwischen Literatur und Philosophie. Wien 2004. S. 174–197.
– Edition und Interpretation. Literaturwissenschaftliche Forschung am Beispiel Ödön von Horváth. In: Österreichisches Literaturarchiv (Hrsg.): Österreichisches Literaturarchiv. Die ersten 10 Jahre. Wien 2006. S. 31–50.
Kaszyński, Stefan H.: Horváths Poetik des Destruktiven. Überlegungen zur Lesart des Stückes *Kasimir und Karoline*. In: Literatur und Kritik (1989) H. 237/238. S. 323–331.
Klotz, Volker: Dramaturgie des Publikums. Wie Bühne und Publikum auf einander eingehen, insbesondere bei Raimund, Büch-

ner, Wedekind, Horváth, Gatti und im politischen Agitationstheater. Würzburg [2]1998.

Kracauer, Siegfried: Die Angestellten. Aus dem neuesten Deutschland. Frankfurt a. M. 1971.

Krischke, Traugott (Hrsg.): Materialien zu Ödön von Horváths *Kasimir und Karoline*. Frankfurt a. M. 1973.

– (Hrsg.): Horváths Stücke. Frankfurt a. M. 1988.

– Horváth auf der Bühne. 1926–1938. Dokumentation. Wien 1991.

– Ödön von Horváth: Kind seiner Zeit. Berlin 1998.

Kurzenberger, Hajo: Horváths Volksstücke. Beschreibung eines poetischen Verfahrens. München 1974.

– Horváth-Spielräume. Zu Inszenierungen von Breth, Kriegenburg, Kušej und Marthaler. In: Kastberger 2001. S. 155–178.

Marcowitz, Reiner: Die Weimarer Republik 1929–1933. Darmstadt 2004.

Meister, Monika: Horváths Zäsuren: Dramaturgie der »Stille«. In: Klaus Kastberger / Nicole Streitler (Hrsg.): Vampir und Engel. Zur Genese und Funktion der Fräulein-Figur im Werk Ödön von Horváths. Wien 2006. S. 27–42.

Das Oktoberfest. 150 Jahre bayrischer Nationalrausch. München 1985.

Schmidt-Dengler, Wendelin: Von der Unfähigkeit zu feiern. Verpatzte Feste bei Horváth und seinen Zeitgenossen. In: Literatur und Kritik (1989) H. 237/238. S. 314–323.

Schmitz-Berning, Cornelia: Vokabular des Nationalsozialismus. Berlin / New York 1998.

Schröder, Jürgen: Ödön von Horváth und Botho Strauss. Eine Spuren-Lese. In: Kastberger 2001. S. 179–192.

Schuhmann, Klaus (Hrsg.): *Kasimir und Karoline* in Leipzig. Begleitheft zur Ausstellung in der deutschen Bücherei Leipzig vom 7.12.2001 bis 28.2.2002. Leipzig 2001.

Strauß, Botho: Versuch, ästhetische und politische Ereignisse zusammenzudenken. Texte über Theater; 1967–1986. Frankfurt a. M 1987.

Treue, Wilhelm (Hrsg.): Deutschland in der Weltwirtschaftskrise in Augenzeugenberichten. Düsseldorf 1967.

Wöhrle, Dieter: Kommentar. In: Ödön von Horváth: Kasimir und Karoline. Volksstück. Frankfurt a. M. 2002.

Zuckmayer, Carl: Kleistpreis. In: C. Z.: Aufruf zum Leben. Porträts und Zeugnisse aus bewegten Zeiten. Frankfurt a. M. 1976. S. 214.

Nachwort

Bis heute gehört das Volksstück *Kasimir und Karoline*, neben *Geschichten aus dem Wiener Wald* und *Glaube Liebe Hoffnung*, zu den meistgespielten Stücken Ödön von Horváths. Anfang der 1930er Jahre zählte der Autor zu den anerkannten Bühnenautoren der Weimarer Republik, hatte er doch wenige Wochen vor der erfolgreichen Premiere von *Geschichten aus dem Wiener Wald* am 2. November 1931 am Deutschen Theater in Berlin den renommierten Kleist-Preis erhalten. In seiner Laudatio bescheinigte ihm Carl Zuckmayer »unter den jüngeren Dramatikern die stärkste Begabung, [...] der hellste Kopf und die prägnanteste Persönlichkeit zu sein« (Zuckmayer 1976, S. 214)

In diese – für den Autor überaus erfolgreiche – Lebensphase fällt die Entstehung von *Kasimir und Karoline*. Die Arbeit an diesem Stück erstreckte sich bis etwa Mai 1932. Im Zuge der Uraufführung des Stückes am 18. November 1932 im Schauspielhaus Leipzig und exakt sieben Tage später in gleicher Besetzung im Komödienhaus Berlin kam es dann jedoch zu einer nochmaligen Beschäftigung des Autors mit dem Text. Erste Überlegungen zu dem Dramenprojekt finden sich auf losen Blättern (siehe die Materialien im vorliegenden Band S. 76–81) sowie in einem Notizbuch, das Horváth im Herbst 1931 verwendete (vgl. *Karoline, die Schönheit von Haidhausen*; im vorliegenden Band S. 82–87). Hinsichtlich der Fertigstellung des Stückes behauptet Alfred Kerr in seiner Premierenrezension vom 26. November 1932 im *Berliner Tageblatt*, »das Manuskript vor Jahresfrist« – gemeint ist der Jahreswechsel 1931/32 – gelesen zu haben. Mit dieser Aussage bezieht sich der Theaterkritiker dem Anschein nach auf eine frühere Fassung des Stückes, vermutlich auf jene in sieben Bildern. In Bezug auf die Endfassung in 117 Szenen ist ein

Brief des Ullstein-Verlages vom 9. Mai 1932 interessant, in dem dem Autor die Annahme des »Volksstückes ›Kasimir und Karoline‹ auf Grund der im Vertrage vom 11. Januar 1929 niedergelegten Bedingungen«[1] bestätigt wird und es weiter heißt, dass die Arcadia Verlag G.m.b.H. den Bühnenvertrieb besorgen werde. Auf einem Manuskriptblatt im Nachlass Horváths findet sich die Notiz »Glaube Liebe Hoffnung nebst Kasimir und Karoline. Zwei kleine Dramen aus dem Volksleben von Ödön Horváth« und darunter »Zwei Volksstücke 1932« (ÖLA 3/W 14 – BS 39 b [1], Bl. 1). Offensichtlich hoffte der Autor, wie im Fall von *Italienische Nacht* und *Geschichten aus dem Wiener Wald*, auf eine Buchedition der beiden Stücke im Propyläen-Verlag, die jedoch nicht zustande kam. Zu Lebzeiten des Autors erschien *Kasimir und Karoline* nur in der hektographierten Form eines Stammbuchs, das der Arcadia-Verlag – wie in dem oben angeführten Schreiben angesprochen – zum Zweck des Bühnenvertriebs anfertigte und das als »unverkäufliches Manuskript« gekennzeichnet ist.

Thema von *Kasimir und Karoline* ist die Liebe, und zwar, wie Horváth selbst durch einen geplanten Untertitel in einem seiner Notizbücher präzisiert, »in unserer schlechten Zeit« (ÖLA 3/W 362 – o. BS, Bl. 1). Es geht somit nicht um die Liebe an sich und zu allen Zeiten, sondern um die Liebe in den 1930er Jahren, also zu einer Zeit, da sie der

1 Brief des Ullstein-Verlags an Ödön von Horváth vom 9. Mai 1932 (Original im Vertragsarchiv des Ullstein Buchverlags). Hinsichtlich der am 11. Januar 1929 »niedergelegten Bedingungen« existiert ein Vertrag zwischen Horváth und dem Ullstein-Verlag, der besagt, dass der Autor »monatliche Pränumerando-Zahlungen« [Vorauszahlungen] erhält, die ihn verpflichten, »seine gesamte schriftstellerische Produktion an dramatischen, erzählenden und lyrischen Werken während der Zeit bis 15. Januar 1930 dem Verlag Ullstein zuerst einzureichen« (Vertrag zwischen Herrn Ödön von Horvath, und dem Verlag Ullstein Aktiengesellschaft, Berlin 11. Januar 1929; Original im Vertragsarchiv des Ullstein Buchverlags).

gesellschaftlichen und ökonomischen Krise zu Ende der Weimarer Republik ausgesetzt war. Im Zentrum des Dramas stehen der Kraftwagenfahrer Kasimir, der am Vortag seine Arbeit verloren hat, und seine Braut Karoline, eine Büroangestellte. Gemeinsam besuchen sie das Münchener Oktoberfest, geraten jedoch schnell in Streit: Kasimir steht nach seiner Entlassung nicht der Sinn nach Jubel, Trubel und Heiterkeit; Karoline hingegen will sich amüsieren. Gleich zu Beginn des Stückes, als über dem Oktoberfest der Zeppelin auftaucht (das Erscheinen des modernen Luftschiffes wird von den Besuchern als wahre Sensation erlebt), eskaliert die Situation, und Kasimir lässt seine Braut stehen. Vor einem Eisstand wird Karoline von dem Zuschneider Eugen Schürzinger angesprochen, der ihre Situation unwissentlich in Worte fasst und dabei den weiteren Handlungsgang vorwegnimmt: »Nehmen wir an, Sie lieben einen Mann. Und nehmen wir weiter an, dieser Mann wird nun arbeitslos. Dann lässt die Liebe nach, und zwar automatisch« (10,19–21). Von diesem Gedanken halb erschreckt und halb fasziniert, vergnügt sich Karoline zunächst mit Schürzinger, lässt ihn aber stehen, als sich die Gelegenheit bietet, an seinen Chef, den Kommerzienrat Rauch, heranzukommen. Kasimir trifft währenddessen einen alten Bekannten, den Merkl Franz, der mit seiner Braut Erna auf dem Oktoberfest ist, und wird von diesem animiert, sich seinen Lebensunterhalt fortan durch kleinere Diebstähle zu finanzieren, doch davor schreckt Kasimir zurück. Merkl wird verhaftet, Erna bleibt mit Kasimir zurück. Rauch und Karoline vergnügen sich und unternehmen im Kabriolett des Kommerzienrates eine Fahrt nach Altötting. Da wird dem Mann schlecht, und Karoline verhindert durch ihre Geistesgegenwart einen Unfall. Auf der Sanitätsstation, wo Rauch nach der Rückkehr versorgt wird, trennt er sich rüde von ihr. Als Karoline daraufhin zu Kasimir zurück will, macht dieser ihr klar, dass er mittlerweile an Erna vergeben sei; sie nimmt daraufhin mit

Schürzinger vorlieb. Mit einem Kernsatz der autosuggestiven Methode des Apothekers Émile Coué, die zur Entstehungszeit des Stückes sehr populär war, täuschen sich die beiden am Ende über die traurige Wirklichkeit hinweg: »Es geht immer besser, besser – immer besser –« (72,22).

Den ökonomischen Hintergrund von *Kasimir und Karoline* bildet die Wirtschaftskrise der frühen 1930er Jahre. Angesichts der Arbeitslosenzahlen, die von 3 Millionen Erwerbslosen im Jahr 1930 auf gut 4,5 Millionen im Jahr 1931 und auf mehr als 5,6 Millionen im Jahr 1932 steigen (vgl. Marcowitz 2004, S. 21), ist es keineswegs überraschend, dass die Entlassung des männlichen Protagonisten den Anstoß für das Handlungsgeschehen des Stückes liefert. In seiner *Gebrauchsanweisung* formulierte der Autor den Vorsatz, ein »treuer Chronist meiner Zeit« (163,34f.) sein zu wollen. Viele Untersuchungen verstehen das Stück auch im Anschluss an diese Äußerung als ein sozialkritisches. Grundlegend stellt Hans Joas fest, dass Horváth mit *Kasimir und Karoline* »ein äußerst präzises Bild der gesellschaftlichen Probleme um 1930« (Joas 1973, S. 54) zeichnet.

Im Gegensatz zu dem noch in den 1920er Jahren entstandenen Stück *Revolte auf Côte 3018* (später umgearbeitet zu *Die Bergbahn*), in dem sich Horváth auf die allgemeine ökonomische Situation der Arbeiter und die Verschlechterung ihrer Lage durch die wirtschaftliche Depression nach dem Ersten Weltkrieg konzentriert hatte, überträgt er die wirtschaftliche Not in *Kasimir und Karoline* auf die zwischenmenschlichen Beziehungen der Protagonisten. Dabei gewinnt das dem Ersten Brief an die Korinther entnommene Motto »Und die Liebe höret nimmer auf« (S. 6) im Verlauf des Stückes immer mehr den Charakter einer leitmotivischen Frage. Sichtlich ernüchtert stellt Kasimir am Ende fest: »sie höret nimmer auf, solang Du nämlich nicht arbeitslos wirst« (41,15f.).

Nur in acht der 117 Szenen (3, 5, 11, 17, 34, 36, 83 und 110) begegnen die beiden einander. Sechs dieser Begegnungen unterschiedlicher Länge und Intensität finden im ersten Drittel des Stückes statt, was das zunehmende Auseinanderdriften von Kasimir und Karoline auch formal rahmt. Der Konflikt zwischen beiden wird bereits in der Eingangsszene offensichtlich, als der Zeppelin über die Oktoberfestwiese fliegt. Karoline ist von der technischen Errungenschaft fasziniert: »Jetzt werden wir bald alle fliegen« (8,5). Im Gegensatz dazu weist Kasimir auf die sozialen Implikationen hin, schließlich hat er die Auswirkungen der wirtschaftlichen Krise soeben am eigenen Leib erfahren. Seine Replik (»Geh so lasse mich doch aus«, 8,6) lässt eine doppelte Lesart zu. Kasimir ist aus seiner Anstellung »ent-lassen« worden, d. h. aus dem Job geflogen, und »wird nicht nur beim Fliegen ausge-lassen, sondern auch von Karoline ver-lassen« (Bartsch 2000, S. 91).

Von Beginn an sieht Kasimir die ökonomischen Abhängigkeiten, wenn er sagt: »Da fliegen droben zwanzig Wirtschaftskapitäne und herunten verhungern derweil einige Millionen!« (8,19–21) Nicht nur die Tatsache, dass vermeintliche technische Glanzleistungen wie der Zeppelin enorme finanzielle Mittel verbrauchen, die den Bedürftigen vorenthalten werden, ist ungerecht. Der Jubel über sie – und das ist die eigentliche Ironie, die sich im Auftauchen des Luftschiffes zeigt – lässt deren Schicksal vergessen. Friedrich Dürrenmatt hat *Kasimir und Karoline* in diesem Zusammenhang als ein »modernes Schicksalsdrama« bezeichnet, da die Besucher des Oktoberfests den Zeppelin als »Symbol ihres Schicksals« (1973, S. 208) feiern (dabei kommt freilich dem Zeppelin – wie später auch dem Automobil, dem »Kompressor« – in *Kasimir und Karoline* auch ein hoher sexueller Symbolwert zu).

Kasimir durchschaut, ohne etwas dagegen tun zu können, die Widersprüche, in denen er und seine Zeit verfangen sind; Karoline hingegen sucht sie zu verdrängen. So behauptet sie gegenüber Schürzinger selbstbewusst: »Man muss das immer trennen, die allgemeine Krise und das Private« (24,22–24).

Die Warnungen ihres Bräutigams Kasimir und auch die ihres Verehrers Schürzinger nützen nichts: Karoline nimmt die Einladung Rauchs zu einer Autofahrt nach Altötting an. Zu spät erkennt sie die eigentlichen Intentionen des Kommerzienrats, der auf schnellen Sex aus ist und von einer längerfristigen Bindung nichts wissen will. Nach dem Unglücksfall im Automobil – der Mann hat dort, bei welchen Aufregungen auch immer, beinahe einen Herzinfarkt erlitten und nur überlebt, weil Karoline »im letzten Moment gebremst« (63,4f.) hat – lässt er Karoline fallen und demütigt sie am Ende auch noch. Gegenüber Kasimir, zu dem sie zurückkehren will, gesteht Karoline ihren Irrtum ein: »Ich habe es mir halt eingebildet, dass ich mir einen rosigeren Blick in die Zukunft erringen könnte – und einige Momente habe ich mit allerhand Gedanken gespielt« (70,20–23). Mit Sätzen wie diesen erweist sich Karoline als eine wahrhaftige »Wiesenbraut«. Knapp vor der Uraufführung seines Stückes am 18. November 1932 in Leipzig notierte Horváth (geplant möglicherweise für das Programmheft) in einem seiner Notizbücher einen Text, der den Inhalt von *Kasimir und Karoline* in wenigen Sätzen zusammenfasst und eben diesen Titel trägt: *Die Wiesenbraut* (im vorliegenden Band S. 158f.). Die »Wiesenbraut« »lebt auf der Wiese. Auch sie ist nur ein Produkt der Wiese.«

Bemerkenswert sind die verschiedenen Mechanismen der Verdrängung, die Karoline entwickelt, um die Kluft zwischen der hier beschriebenen Realität und ihrer subjektiven Wahrnehmung zu überbrücken. Aufschlussreich ist beispielsweise die Funktion, die das Eis-Essen in diesem Zusammenhang hat: Karoline gönnt sich das kleine Vergnügen mehrmals als bewusste Ablenkung von den täglichen Nöten, an einer Stelle jedoch verschlägt es ihr den Appetit (vgl. 26,16).

Nicht allein im inneren Verhältnis der titelgebenden Figuren spiegelt sich die wirtschaftliche Krise wider. Auch in den Beziehungen der Hauptpersonen zu Schürzinger, dem Merkl Franz und Erna zeichnen sich Facetten sozioökonomischer Abhängigkeiten ab. Als Zuschneider in einer Textilfabrik hat Schürzinger einen halbwegs stabilen Hintergrund, als Kind einer Mutter, die in der Inflation alles verloren hat, weiß er jedoch um die Abhängigkeiten der Privatsphäre von wirtschaftlichen Vorgaben. Seine überraschend präzisen Analysen gesellschaftlicher Zusammenhänge wirken angesichts seines Desinteresses an jeglicher Veränderung jedoch fast zynisch. Sie dienen ihm lediglich als Vorwand, um sich zum Zwecke des Aufstiegs zu arrangieren. Seine »Höflichkeit ist nicht Freundlichkeit, sondern Schutzwehr, seine Bildung ist nicht Selbstentfaltung, sondern Demonstrationssymbol« (Joas 1973, S. 50). Am Ende des Stückes hat sich der Verdacht bestätigt, der in seinem Namen (»Schürzenjäger«) und in seinem Beruf, der umgangssprachlich auch ›Zuhälter‹ bedeutet, gründet: Er entpuppt sich als »triebbestimmter Spießer« (Bartsch 2000, S. 92). Zu Beginn des Stückes hatte Schürzinger, selbst Eis essend, Karoline angestarrt und dabei angeblich »an etwas ganz anderes gedacht« (9,28 f.). Wenig später verleugnet er, nur auf seinen eigenen Vorteil bedacht, nicht nur sich selbst, sondern tritt mit völliger Selbstverständlichkeit zwischenzeitlich Karoline an seinen Chef ab.

Randfiguren wie Elli und Maria passen sich ähnlich an die gesellschaftlichen Verhältnisse an. Sie machen sich zwar über die alten Herren, die ihnen beim Rutschen unter die Röcke schauen, lustig, prostituieren sich aber letztlich doch, um ihre Rechnungen bezahlen zu können. Die absonderlichste Form von Prostitution demonstriert der Auftritt der »Abnormitäten«. Sie leben davon, ihre körperlichen Entstellungen zu Markte zu tragen.

Ödön von Horváth: Figurenskizzen zu *Kasimir und Karoline*
(Wienbibliothek im Rathaus IN 221.001/8 – BS 45 b, Bl. 45v)

Gegenübergestellt finden sich all den Verlierern des Stückes jene drei Figuren, die von den unterschiedlichen Auftritten der anderen kommerziell profitieren: der Inhaber der Textilfirma Rauch, sein Freund, der Landgerichtsdirektor Speer, sowie – als Direktor des Abnormitätenkabinetts

– der Liliputaner. Nicht zufällig jubeln diese drei Figuren in der Eingangsszene des Stückes dem Zeppelin zu. Dabei verrät der Ausruf des Liliputaners: »Wenn man bedenkt, wie weit es wir Menschen schon gebracht haben –« (7,25f.) ein gehöriges Maß an Ironie. Die drei Jubelnden stehen auf der positiven Seite des »Profit-Prinzips« (Joas 1973, S. 51), am Amüsement auf dem Oktoberfest verdienen sie unmittelbar bzw. können es sich mühelos leisten. An Speer und Rauch zeigt sich nach und nach die fatale Wirkung, die Geld und Alkohol auf die bürgerlichen Moralbegriffe haben. Am Ende bleibt aber auch ihnen die Erfüllung versagt: Rauch bekommt von Karoline (aus eigenem Verschulden wohl) doch nicht, was er sich erhofft hatte, und Speer trägt im Zuge einer Schlägerei Blessuren davon.

Anders als die übrigen Figuren des Stückes steht der Merkl Franz außerhalb des Kapitals. Er dient ihm nicht, sondern holt es sich auf illegalem Weg – und wird am Ende verhaftet. Durch Arbeitslosigkeit ist Merkl auf die schiefe Bahn geraten und finanziert sich nun seinen Lebensunterhalt durch Kleinkriminalität. Zuvor hat er, erfolglos, noch einen Ausweg in politischer Betätigung gesucht (vgl. 45,19f.).

Hinsichtlich dieser Erfahrung hat die Figur des Merkl Franz einen Vorläufer in dem christlichen Gesellschaftler Ludwig aus dem frühen Fragment *Karoline, die Schönheit von Haidhausen* (im vorliegenden Band S. 82–87). Hier hatte Horváth sein Stück noch in den Schrebergärten der Münchener Vorstadt Haidhausen angesiedelt, ehe er dann von *Kasimir und Katharina in fünf Bildern* an (im vorliegenden Band S. 88–115) eine Verlagerung des Handlungsortes auf die »Wies'n«, also das Oktoberfest, vornahm. Der christliche Gewerkschaftler Ludwig aus dem frühen Fragment hatte sich, nachdem er während einer offenbar illegalen revolutionären Versammlung von der Polizei gefangen genommen worden war, nach seiner Entlassung in die Privatheit einer Gartenanlage zurückgezogen. Der

Merkl Franz hingegen verlässt die Legalität dauerhaft, indem er sich, um sein Überleben zu sichern, für kriminelle Aktionen entscheidet: »In einer derartigen Weltsituation muss man es eben derartig machen, wie zum Beispiel ein gewisser Merkl Franz« (45,22–24). Mit Gewalt geht Merkl aber nicht nur gegen das Eigentum der anderen vor, sondern so behandelt er auch seine Braut Erna, die er bedroht, schlägt und als sein Eigentum betrachtet.

Erna durchschaut die Ausweglosigkeit des kriminellen Verhaltens. Ihr eigener Bruder ist – wohl im Zuge der gewaltsamen Niederschlagung der revolutionäre Münchener Räterepublik – 1919 erschossen worden (vgl. 57,26–28). An sein Opfer knüpft sich für sie eine Hoffnung: »Oft male ich mir eine Revolution aus – dann seh ich die Armen durch das Siegestor ziehen und die Reichen im Zeiserlwagen« (57,20–22). Sozialromantische Vorstellungen wie diese erweisen sich jedoch für sie in der Realität als eine Illusion. Nachdem Merkl von der Polizei aufgespürt und verhaftet worden ist, bleibt Erna mit Kasimir zurück. Das Schlussbild des Stückes (72,30–73,4) zeigt die beiden nicht als ein glückliches Liebespaar, sondern als zwei illusionslos Gestrauchelte:

> KASIMIR. Träume sind Schäume.
> ERNA. Solange wir uns nicht aufhängen, werden wir nicht verhungern.
> *(Stille.)*
> KASIMIR. Du Erna –
> ERNA. Was?
> KASIMIR. Nichts.
> *(Stille.)*

Auch Karoline und Schürzinger erscheinen am Ende des Stückes als ein desillusioniertes Paar. Nach der Methode von Émile Coué suggerieren sie sich in der ständigen Wiederholung des Satzes »Es geht immer besser und besser«

(72,15) Glück und suchen auf diese Weise die stereotype Wirklichkeit (»Es ist immer der gleiche Dreck«, 72,14) zu verdrängen.

Im Gegensatz zu den früheren Fassungen des Stückes wie *Kasimir und Katharina in fünf Bildern* und der frühen Fassung in sieben Bildern, der sogenannten »Emil-Wegmann-Konzeption« (im vorliegenden Band S. 116–154), wo Karoline jeweils zu Kasimir zurückfindet, bleibt in der Endfassung des Stückes die Versöhnung zwischen Kasimir und Karoline aus. Die beiden Paare Merkl Franz und Erna sowie Kasimir und Karoline werden hier auseinandergetrieben, und am Ende finden zwei neue Paare zusammen. Von einem Happy End kann dabei nicht die Rede sein: Zwar scheint auf den ersten Blick das Komödienschema mit der veränderten Paarkonstellation am Ende aufzugehen, aber es sind keineswegs zwei liebende Paare, die übrigbleiben, sondern »gewissermaßen Leichen auf der Bühne« (Bartsch 2000, S. 91).

Die gesellschaftlichen Antagonismen des Stückes kristallisieren sich in dessen Genese immer deutlicher heraus. Während Horváth in *Kasimir und Katharina in fünf Bildern* noch eine ganze Gruppe von Akademikern, unter ihnen auch den Studenten Emil Wegmann, auftreten lässt und sie dem mittelständischen Kasimir und seiner Verlobten gegenüberstellt, reduziert der Autor in der Endfassung von *Kasimir und Karoline* das Personal auf den bürgerlichen Kommerzienrat Rauch und seinen Freund Speer. Der gesellschaftliche Gegensatz zwischen den beiden Gruppen verschärft sich auch dadurch, dass mit der Einführung der Figur Schürzinger nunmehr ein Angestellter unmittelbar auf seinen Chef trifft.

Der partei- und tagespolitische Charakter des Stückes hingegen, der in den früheren Fassungen noch viel deutlicher spürbar war, tritt zunehmend zurück. Beispielsweise hatte Emil Wegmann, die Vorläuferfigur von Schürzinger, an einer Stelle angemerkt, dass achtzig Prozent aller Studenten aus Familien »höhere[r] Beamte[r], selbstständige[r] Direktoren und so« (106,14f.) kämen, aber nur zwei Prozent »Arbeiterkinder« (106,15) seien. Diese Überlegung tilgt Horváth in der Endfassung ebenso wie die Namensnennung des Führers der NSDAP. In einer früheren Fassung hatte der arbeitslose Chauffeur Kasimir dezidiert erklärt, bisher sozialdemokratisch gewählt zu haben, demnächst aber kommunistisch wählen zu wollen »oder gar den Hitler« (IN 221.001/19 – BS 46 e [1], Bl. 3). In der Endfassung bemerkt Kasimir unverfänglich (wobei Horváth diesem Satz eine auffallend dialektale Färbung verleiht): »Wenn man nur wüsst, was dass man für eine Partei wählen soll –« (45,12f.). Auch ausschweifende politische Debatten, wie sie sich beispielsweise im Gespräch zwischen Rosa, Jakob und Papa in *Kasimir und Katharina in fünf Bildern* (vgl. S. 96) gefunden hatten, streicht Horváth in der Endfassung. In einer frühen Untersuchung des textgenetischen Materials zu Horváths Stücken hat Hajo Kurzenberger überzeugend nachgewiesen, dass die Eliminierung politischer Themen mit der »Anreicherung der Dialoge mit sprachlichen Versatzstücken [einhergeht], in denen sich die gesellschaftliche Situation der Personen mittelbar ausdrückt« (1974, S. 142f.). Die politische Färbung der frühen Fassungen fällt also in den späteren weg und wird dort durch sprachliche Färbungen und Brüche ersetzt.

Als Kulisse wählte Horváth das Münchener Oktoberfest nicht zufällig, zumal die Veranstaltung, auf der – wie es in einem frühen Prosafragment des Autors heißt – Blut und Bier zusammen rinnen (vgl. KW 15,23), gerade im Jahr 1931 unter unheilvollen Vorzeichen stand. In der *München-Augsburger Abendzeitung* vom 26. September 1931 heißt es: »Das Münchner Oktoberfest droht zu einer Katastrophe für die vielen kleinen Unternehmer, Schausteller und Händler zu werden. Zu der schlechten wirtschaftlichen Lage kommt heuer noch das nasskalte Wetter, das gar kein Ende nehmen will.«

In einem *Versuch über Ödön von Horváth* merkte Carl Amery an, dass sich mit dem Schauplatz Oktoberfest der Personenkreis von Horváths Dramen automatisch erweitert habe, denn hier nun ließen sich »typisch proletarische, ja lumpenproletarische Figuren der damaligen Münchner Szene« mühelos den »Männern des Reichtums und der offenen oder versteckten Macht« (1973, S. 11) gegenüberstellen. Auch Stefan H. Kaszyński entdeckt in dem Schauplatz des Stückes die »umgestülpte Welt des Karnevals«, die Horváth »zur Entlarvung der Gesetze der außerkarnevalistischen Gesellschaftsbeziehungen« (1989, S. 326) diene. Die Aufhebung der gesellschaftlichen Ordnung auf dem Fest, die – wie sich gerade in *Kasimir und Karoline* zeigt – keine wirkliche Aufhebung ist, sondern die bestehenden Abhängigkeiten nur umso krasser zu Tage treten lässt, spricht Rauch in dem Stück ganz unverblümt an: »Da sitzt doch noch der Dienstmann neben dem Geheimrat, der Kaufmann neben dem Gewerbetreibenden, der Minister neben dem Arbeiter« (24,2–4). Dieses volkstümliche Bei- und Miteinander, das Rauch als »Demokratie« (24,5) lobt, funktioniert in Wahrheit freilich auf andere Weise, nämlich nach dem Recht des Stärkeren – das zeigt sich in *Kasimir und Karoline* spätestens dann, wenn der Kampf um die Gunst der Frauen geht.

Horváth selbst wehrte sich gegen eine Überbewertung dieser Kulisse. In einem Briefentwurf an den Regisseur der Uraufführung, Francesco von Mendelssohn, schreibt er, dass »das Oktoberfest an sich nicht das Wichtige ist«, vielmehr gehe es in dem Stück um »das balladeske« »– und Liebe und Zeit!« (im vorliegenden Band S. 157), also um durchwegs allgemeine Implikationen. Dass Horváth sich mit seinen Ansichten nicht durchsetzen konnte, beweist die Uraufführung vom 18. November 1932 in Leipzig. Als Untertitel trägt das Stück den direkten Hinweis *Ein Abend auf dem Oktoberfest* und daneben das – Heinrich Heines *Buch der Lieder* entnommene – Motto: »Es leuchtet meine Liebe / In ihrer dunklen Pracht: / Wie ein Märchen, traurig und trübe, / Erzählt in der Sommernacht.« Ein Rezensent der Premiere merkte an, der Regisseur Francesco von Mendelssohn habe »sich zu ausschließlich in das Milieu verliebt, das er dank der vorzüglichen Unterstützung durch Caspar Nehers Bühnenbilder sehr hübsch und anschaulich herausarbeitet« (Franz Köppen, in: *Berliner Börsen-Zeitung*, 26. 11. 1932).

Dass Horváth mit der Inszenierung seines Stückes in Deutschland unzufrieden war und sich von der Kritik missverstanden fühlte, belegt der *Briefentwurf an das Kleine Theater in Wien*, das *Kasimir und Karoline* im Frühjahr 1935 zu Aufführung brachte. Rückblickend schreibt der Autor, dass das Stück bislang als »Satyre auf München und auf das dortige Oktoberfest« gesehen worden sei, doch dies sei eine »Verkennung« (167,14–16) seiner Absichten. Er selbst sehe in *Kasimir und Karoline* »die Ballade vom arbeitslosen Chauffeur Kasimir und seiner Braut mit der Ambition, eine Ballade voll stiller Trauer, gemildert durch Humor, das heisst durch die alltägliche Erkenntnis: ›Sterben müssen wir alle!‹« (167,18–21).

Jürgen Hein sieht in *Kasimir und Karoline* eine sogenannte »Karussell-Dramaturgie« (1991, S. 509). Die zahlreichen Musik- und Gesangseinlagen verstärken diesen episodenhaften Charakter. Horváth integriert einen Großteil der Lieder erst im Übergang von der früheren Fassung in sieben Bildern zur Fassung in 117 Szenen. Die insgesamt neun Musikstücke bilden ein Potpourri beliebter Melodien: Märsche, Walzer und Volkslieder wechseln sich mit populären Operettenmelodien ab. Die Lieder untermalen das Oktoberfest akustisch und bieten damit eine realistische Darstellung eines typisch »großstädtischen Amüsierbetriebs« (Baumgartner 1988, S. 171) der Weimarer Republik. Während in *Geschichten aus dem Wiener Wald* der Walzer in der Eingangs- und Schlussszene im Hintergrund »verklingt«, wird in *Kasimir und Karoline* jeder neue Schauplatz musikalisch recht kräftig eingeleitet. Die Tatsache, dass Musikstücke in *Kasimir und Karoline* auch als eigene Szenen ausgewiesen sind, zeigt ihre Bedeutung in der Konzeption des Stückes sehr deutlich. Vorrangig dienen sie nicht der Überbrückung notwendiger Umbauarbeiten auf der Bühne, sondern erweisen sich als ein dramaturgisches Prinzip des Autors, über das – nicht zuletzt – das Publikum unmittelbar angesprochen wird. Mit den Liedern erzeugt Horváth eine Erwartungshaltung, die durch das Handlungsgeschehen oft wieder gebrochen wird. So schafft beispielsweise allein die Münchener Stadthymne *Solang der alte Peter* eine Atmosphäre bierseliger Gemütlichkeit, die in krassem Gegensatz zu Kasimirs Situation steht. »Der Zuschauer« – so Baumgartner – »soll sich schließlich selbst dabei ertappen, daß seine Identifikation mit dem Bühnengeschehen voreilig und falsch war« (1988, S. 173). Einen ähnlich starken Kontrast schafft die Intonation des Walzers *Bist dus lachendes Glück,* der gespielt wird, während die verletzten Oktoberfestbesucher aus der Sanitätsstation treten (vgl. 66,18 f.).

Die Bühnenmusik bildet einen epischen Kommentar, der die Handlung erklärt und verdeutlicht. So formuliert beispielsweise der Kommerzienrat Rauch in seinem Gesang, wie er sich sein Verhältnis zu Karoline vorstellt, wenn er in der 79. Szene »In meinem Kämmerlein – eins zwei drei – in meinem Bettelein – eins zwei drei –« (52,10–12) singt. In derselben Szene gibt Rauch eine weitere Schlagermelodie zum Besten (52,20–27):

Ja wir sind Zigeuner
Wandern durch die Welt
Haben fesche Weiber
Die verdienens Geld
Dort auf jener Wiese
Hab ich sie gefragt
Ob sie mich mal liesse
»Ja« hat sie gelacht!

Der Liedtext weist auf den zuvor zwischen Karoline und Rauch geführten Dialog zurück und lässt das dort gemachte Angebot zu einer Autofahrt als eindeutige Aufforderung zum Geschlechtsverkehr erscheinen. Auch das Versagen Rauchs und sein Beinahe-Herzinfarkt auf dieser Fahrt erscheinen somit unter eindeutig sexuellen Vorzeichen.

In seiner *Gebrauchsanweisung*, einem unvollendet gebliebenen Text (im vorliegenden Band S. 160–166), der in Reaktion auf die Inszenierung von *Geschichten aus dem Wiener Wald* und – ohne darauf großen Einfluss zu haben – in Erwartung der Uraufführung von *Kasimir und Karoline* wahrscheinlich noch im Frühjahr 1932 entstand (vgl. Kastberger 2006, S. 39–44), hat Horváth für die Aufführung seiner Volksstücke Vorgaben gemacht, die nicht nur für die Inszenierungspraxis, sondern auch für die Interpretation seiner Stücke bis heute große Relevanz besitzen. Ankerpunkte der Dramaturgie sind demnach die Pausen im Dialog bzw. die oft als »Stille« markierten Unterbrechungen zwischen den Dialogen, die – was *Kasimir und Karoline* betrifft – erst mit der Fassung in 117 Szenen ihre volle Ausprägung erhalten. Um nicht Realismus bzw. Naturalismus und auch keine »Milljöhbilder« (165,5) aufkommen zu lassen, was Horváth in jedem Fall vermeiden wollte, seien diese Pausen genau zu beachten, denn an jenen Stellen würde in seinen Stücken das

Entscheidende passieren: Hier nämlich lägen das »Bewus[s]tsein« und das »Unterbewus[s]tsein« miteinander im Kampf (165,8–10).

Aus den Unterbrechungen im Dialog und zwischen den Szenen entwickelt sich in *Kasimir und Karoline* – verstärkt durch die eingestreuten Musikstücke – ein fragmentarischer, offener Rhythmus, der in mustergültigen Inszenierungen (wie z. B. jener von Christoph Marthaler am Deutschen Schauspielhaus Hamburg 1996) angemessen umgesetzt wurde. Die Stilisierung, die Horváth in der *Gebrauchsanweisung* fordert, war hier auf der Bühne ganz unmittelbar zu merken, und die Stille auf der Bühne wurde zu einem Resonanzraum für jene schrägen Sätze, die Horváth seinen Figuren in den Mund legt. Die Entwicklung solcher Sätze lässt sich an dem genetischen Material ablesen: ihre eigentliche Qualität gewinnen sie oft erst in den letzten Bearbeitungsstufen. Auf ein solches Beispiel für Horváths Kontraktionen weist Hajo Kurzenberger hin. Vor dem Hippodrom bemerkt Karoline gegenüber Rauch in der Endfassung in eindeutig zweideutiger Weise: »Wenn ich einmal reit, möcht ich aber gleich zweimal reiten –« (48,8 f.). In einer frühen Fassung hatte Karoline – noch weit umständlicher – gesagt: »Ich reit sehr gern! Voriges Jahr, da bin ich oft geritten, einmal gleich fünfmal hintereinander – aber nur im Herrensattel, da hat man so einen festeren Halt« (135,25–27). In einer Zwischenstufe heißt es dann: »Wenn ich einmal reit, möcht ich aber gleich öfters reiten, – einmal ist gleich so schnell rum« (vgl. Kurzenberger 1974, S. 58).

Anlässlich einer Inszenierung von *Kasimir und Karoline* durch Hans Hollmann Ende der 1960er Jahre hat Peter Handke darauf hingewiesen, dass die Figuren in diesem Stück ihre Sätze so sprechen, »als ob es sich um Naturgesetze handelt«. Die Geschichte von Kasimir und Karoline, so Handke weiter, »wirkt als Hohn auf die Sätze, die Kasimir und Karoline sprechen, freilich nicht als Verhöhnung von Kasimir und Karoline selber«. Horváth mache »seine Personen deutlich als Produkte von verkommenen Dramaturgien, und er macht das deutlich mit Künstlichkeit« (Handke 1972, S. 95). In eine ganz ähnliche Kerbe schlägt Botho Strauß, der in seinen eigenen dramatischen Arbeiten von Horváth stark beeinflusst ist (vgl. Schröder 2001), wenn er erklärt, dass dasjenige, was bei Horváth als etwas vermeintlich Intimes mitgeteilt wird »allemal schon ›ver-öffentlichtes‹ Reden, zitierte Floskel aus einer gebilligten Sprachkonvention« (1987, S. 83) sei.

Die Stille setzt in *Kasimir und Karoline* Zäsuren und unterbricht dabei nicht nur das Sprechen, sondern auch alle Geräusche des Stückes sowie die Bewegungen der Figuren. Die dramatische Narration und damit die Performance scheint in diesen Momenten eingefroren, dabei ist die Stille aber selbst performativ (vgl. Meister 2006, S. 29). Sie konstituiert einen Meta-Raum an Theatralität, in dem das Gesellschaftliche nicht etwa außer Kraft gesetzt wird, sondern sich im Gegenteil immer wieder neu gründet. Nicht um Störungen der Kommunikation handelt es sich also bei den Unterbrechungen, die Horváth in die Gespräche einführt, sondern quasi um einen Dynamo, an dem sich das Gespräch stets neu auflädt, auch wenn im Eigentlichen nichts mehr zu sagen und nur mehr über das Sagen selbst zu handeln ist. An der Beziehung zwischen Kasimir und Karoline zeigen sich diese Verzögerungen überdeutlich, denn immer wieder wird (oft unterbrochen durch viele dazwischen liegende Szenen) ihr Gespräch neu aufgegriffen. Beispielsweise meint Karoline in Szene 3: »Vielleicht sind wir zu schwer füreinander –« (9,13). In Szene 5 kommt Kasimir darauf zurück: »Wie hast Du das zuvor gemeint, dass wir zwei zu schwer füreinander sind?« (11,27f.). Daraufhin »schweigt« Karoline »boshaft« (11,29). Kasimir setzt nach: »Soll das eventuell heissen, dass wir zwei eventuell nicht zueinander passen?«

(11,30f.). Karoline bestätigt: »Eventuell« (11,32), was Kasimir wieder in der 17. Szene aufgreift: »Ich habe Dich zuvor gefragt, wie Du das verstanden haben willst, dass wir zwei eventuell nicht mehr zueinander passen. Und Du hast gesagt: eventuell. Hast Du gesagt« (19,21–24).

Die Trennung von Kasimir und Karoline, die von Beginn an Thema und Inhalt des Stückes ist, erscheint deshalb nicht allein den wirtschaftlichen Umständen geschuldet, sondern auch der Sprache, die die Figuren wie eine Krankheit in sich tragen. Nachdem Karoline eine Zeit lang mit Schürzinger über das Oktoberfest gezogen ist, kommt sie zu Kasimir mit dem Satz zurück: »Ich habe doch nur mit der Achterbahn fahren wollen« (20,27f.). Nach einer »Stille« weist er sie zurück, und zwar nicht etwa, indem er sich auf das kleine Abenteuer bezieht, sondern indem er – aus der »Stille« heraus – ihren Satz aufgreift: »Wenn Du gesagt hättest: lieber Kasimir, ich möchte gerne mit der Achterbahn fahren, weil ich das so gerne möchte – dann hätte der Kasimir gesagt: fahre zu mit Deiner Achterbahn!« (20,30–33)

Wie in *Kasimir und Karoline* insgesamt und wie überhaupt in allen Horváthschen Stücken erscheint die »Stille« an Stellen wie diesen frei von Konnotationen, die das Schweigen in der langen Tradition der europäischen Literatur hat. Christiaan Hart Nibbrig (1981, vgl. dazu auch Kastberger 2004) und Claudia Benthien (2002) haben darauf hingewiesen, dass das Schweigen bei Horváth keine rhetorische Figur mehr sei, in der sich das Unsagbare bzw. ein wie immer geartetes Geheimnis zeige. Die Stille ist hier vielmehr eine reale Figur, die den Bühnenfiguren gleichsam physisch gegenübersteht. Damit ist eine Entwertung all jener Projektionen verbunden, die man angesichts des Schweigens in Literatur bis dato haben konnte, denn bei Horváth scheint die »Stille« selbst klischeehaft und inauthentisch. Keine Intensivierung des Gefühls und kein Unaussprechliches drückt sich in ihr aus, sondern nur noch ein weiteres Mal: die phrasenhafte Sprache, die in der Stille einen Echoraum findet oder in ihm manchmal auch ganz ohne Echo verklingt.

Klaus Kastberger
Kerstin Reimann

Inhalt

Material zur Textgenese

Begleitende Texte